文学の仲介者
ヴァレリー・ラルボー
Valery Larbaud

ラルボーとホイットマン、バトラー、ジョイス、
ラテンアメリカの作家たち

西村 靖敬

Walt Whitman

Samuel Butler

James Joyce

Ricardo Güiraldes

Alfonso Reyes

大学教育出版

i

は じ め に

　フランスの作家ヴァレリー・ラルボーValery Larbaud（1881-1957）は、世界中から保養客の集まるフランス中部の鉱泉保養都市ヴィシー[1]に生まれ、「万国博覧会よりもなお国際色豊かな[2]」コレージュで学園生活を送り、弱冠17歳にしてヨーロッパを一周し、外国への旅と滞在を常とした、まさに典型的なコスモポリタンであった。

　このような作家ラルボーは、自身のスケールをさらに何倍にも拡大したコスモポリタン、バルナブースを創造する。この人物は南米チリに生まれ、アメリカ合衆国で育ち、ロックフェラーやカーネギーらの大富豪に匹敵する父親の財産を相続して、ロシアからヨーロッパを遍歴するのである。このような特異な青年バルナブースを主人公とする『裕福なアマチュアの詩』*Poèmes par un riche amateur*（1908）[3]一作をもって、ラルボーは20世紀初めのコスモポリチスム文学の旗手となったのである。

　だが、こうした事実に加え、ラルボーのコスモポリチスムを考える上で重要なのは、彼がたぐいまれな語学力に恵まれていたという事実である。すなわち、彼は英語とスペイン語をほぼ意のままに使いこなすことができた。そしてイタリア語がこれに次ぎ、ドイツ語、ポルトガル語、ルーマニア語、ロシア語も解した。もちろん、ギリシャ語、ラテン語にも堪能だった。まさにラルボーは、同時代に並ぶ者のない語学の達人（polyglotte）だったのである。

　そして、こうした並外れた語学力にも支えられて、ラルボーはこれまたたぐいまれなる読書家であり、広くて深い文学的教養の持ち主であった。彼ほど「罰せられざる悪徳」たる読書[4]に耽った者も少ないに違いない。彼の生前の蔵書はヴィシー市立ヴァレリー・ラルボー・メディアテークに所蔵されているが、そこには1万5千点を越える国内外の書籍や雑誌等が含まれるという[5]。

　こうした広範な読書と該博な知識に基づき、そして稀有の語学力を駆使して、ラルボーは1914年3月から同年8月まで、ロンドンの週刊誌 *The New*

Weekly に隔週で「パリ通信」"Letter from Paris" を寄せ、直接英語で書き下ろした記事によって、フランス文学・文化に関する最新の情報をイギリスに伝えた。スペイン語でも同様に、アルゼンチンの日刊紙 *La Nación* に、1923年1月から1925年12月まで月1回のペースで、古今のフランス文学についての記事をスペイン語で寄稿したのである[6]。

　だが、このようにラルボーはフランスの作家や文学に関して外国に向けて情報発信を行うだけではなく、当然のことながら、翻訳、批評、講演等を通して諸外国の作家や文学をフランス国内に紹介することにも誰よりも熱心に取り組んだ。ラルボーの作品集であるガリマール社の「プレイヤッド叢書」の一冊、*Œuvres* の巻末に付された著作目録によって数え上げてみただけでも、彼が翻訳や批評等で扱った外国人作家・詩人等の数は70名余りに達するのである。彼は詩や小説の創作と並行して翻訳や批評の仕事に取り組んだわけだが、全体として見れば、後者の仕事の量が前者のそれをはるかに上回っている。ラルボーは、フランスと諸外国の文学をつなぐ架け橋、すなわち「文学の仲介者」として巨大な足跡を残したのである。

　本書は、ヴァレリー・ラルボーの残した外国文学に関する翻訳や批評の主要なものを取り上げて検討し、「文学の仲介者」としてラルボーの果たした役割とその意義を具体的に明らかにすることを目的とする。

　以下のIでは、「現代の翻訳者の真の王[7]」とも評されるラルボーの翻訳をめぐる言説について考察する。そして、IIからVの各章においては、それぞれウォルト・ホイットマン Walt Whitman (1819-92)、ジェイムズ・ジョイス James Joyce (1882-1941)、サミュエル・バトラー Samuel Butler (1838-1902)、そしてアルゼンチンのリカルド・グイラルデス Ricardo Güiraldes (1886-1927) やメキシコのアルフォンソ・レイエス Alfonso Reyes (1889-1959) などのラテンアメリカの作家たちに関するラルボーの仕事を順次取り上げ、それらの内容を具体的に検討、分析した上で、その意義を明らかにしたい。もちろんこれまでに、「文学の仲介者」としてのラルボーに関わる研究がいくつか公にされてきたことも事実である[8]。だが、それらは多くの場合、ラルボーと外国人作家

はじめに　*iii*

との関わりや交流等の事実関係に関する調査研究に留まり、ラルボーの行った翻訳や批評にまで立ち入った考察を加えてはいない。

　上記のように、本書は、翻訳や批評等、ラルボーが「文学の仲介者」として行った活動を扱うものであるが、詩や小説等の創作作品と同様に、彼の翻訳や評論等にも紛れもなく彼の文学的個性が刻印されているはずである。したがって、本書はおのずと一個のラルボー論ともなるであろう。

【注】

1）ラルボーの短編集『幼なごころ』*Enfantines*（1918）に収められている「包丁」 «Le Couperet» の次の一節は、ラルボーの生地ヴィシーの町の雰囲気を伝えているものと思われる。「この町は春に目覚め、夏の間中プラタナスの木陰で生きる。この町にいると、まるで外国に来たかのような印象を受ける。通りでは人々は聞き慣れない言葉を話しているし、夜になれば、煌々と照らされた家々のテラスでナポリ人たちがラ・フランチェーザを歌うのだ。」（Valery Larbaud, *Œuvres*, «Bibliothèque de la Pléiade», Paris, Gallimard, 1958, p. 424.）

2）ラルボーの小説『フェルミナ・マルケス』*Fermina Márquez*（1911）に見られる表現（*Ibid.*, p. 310.）。なお、この作品の舞台となっているパリ近郊のコレージュ・サン・トギュスタンは、ラルボーが1891年から94年までの3年間、寄宿生活を送ったコレージュ・サント・バルブ・デ・シャンがモデルとなっている。このコレージュ在学中に彼が叔母に書き送った手紙には、パリやアミアン出身のフランス人生徒たちに混じって、ポートサイド、グアテマラ、ボンベイ（ムンバイ）、ハイチ、トリポリ、ブラジル、ベルリン、アラスカ等の出身の友人名が多数記されている（G. Jean-Aubry, *Valery Larbaud : sa vie et son œuvre*, Monaco, Rocher, 1949, p. 18.）。

3）この作品は、5年後に『A. O. バルナブース全集』*A. O. Barnabooth, Ses Œuvres complètes, c'est-à-dire : un conte, ses poésies et son journal intime*（1913）に改作される。なお、両作品の異同や改作の事情等に関しては、拙著『1920年代パリの文学──「中心」と「周縁」のダイナミズム』、多賀出版、2001年、9-25頁を参照されたい。

4）ラルボーは、アメリカ生まれのイギリスの批評家ローガン・ピアソール・スミス Logan Pearsall Smith（1865-1946）のエッセイ集『文反故』*Trivia*（1918）中の「慰め」"Consolation" にある一句を借用して、「この罰せられざる悪徳、読書」«Ce vice impuni, la lecture» という文章を書いている（*Commerce*, Cahier I, été 1924に掲載）。ラルボーはこの表現がよほど気に入ったらしく、翌年、英語圏文学関係の主要な評論を一冊にまとめる際に、この文章を巻頭に収めて、『この罰せられざる悪徳、

iv

読書：英語の領域』*Ce vice impuni, la lecture : Domaine anglais*（1925）と題した。さらに、フランス文学関係の評論をまとめる際にも、同様に『この罰せられざる悪徳、読書：フランス語の領域』*Ce vice impuni, la lecture : Domaine français*（1941）と題して刊行した。

5) ヴィシー市立ヴァレリー・ラルボー・メディアテーク・ラルボー博物館のホームページ（https://www.ville-vichy.fr/decouvrir-et-sortir/culture/musees-vichy/musee-valery-larbaud）による。2017年 6 月15日閲覧。

6) これらの外国の雑誌や新聞への寄稿記事のいくつかは、後にフランス語に直されて、上記の『この罰せられざる悪徳、読書：フランス語の領域』に収録されている。

7) Edmond Cary, *Les grands traducteurs français*, Genève, Librairie de l'Université Georges & Cie S.A., 1963, pp. 112-113.

8) たとえば、Ortensia Ruggiero, *Valery Larbaud et l'Italie*（Paris, A. G. Nizet, 1963）、Bernard Delvaille, *Essai sur Valery Larbaud,*（«Poètes d'aujourd'hui», Paris, Seghers, 1963）、Frida Weissman, *L'Exotisme de Valery Larbaud*（Paris, A. G. Nizet, 1966）などがあげられる。

文学の仲介者ヴァレリー・ラルボー
ラルボーとホイットマン、バトラー、ジョイス、ラテンアメリカの作家たち

目　次

vi

はじめに …………………………………………………………………………… *i*

Ⅰ　ヴァレリー・ラルボーの翻訳論 ……………………………………………… *1*

　　1　聖ヒエロニュムスへのオマージュ ……………………………………… *2*

　　2　ラルボーの翻訳理念と翻訳原理 ………………………………………… *3*

　　　　（1）1930年代までの翻訳論　　*4*

　　　　（2）1930年代以降の翻訳論
　　　　　　──『聖ヒエロニュムスの加護のもとに』第2部を中心に　　*5*

　　3　ラルボーの翻訳論の評価をめぐって …………………………………… *10*

Ⅱ　ヴァレリー・ラルボーとウォルト・ホイットマン ………………………… *16*

　　1　ラルボーのホイットマン発見 …………………………………………… *16*

　　2　ラルボーのホイットマンに関する批評 ………………………………… *18*

　　　　（1）二つの小論考　　*18*

　　　　（2）『ウォルト・ホイットマン選集』の「研究」　　*21*

　　3　ラルボーのホイットマンに関する翻訳 ………………………………… *25*

　　　　（1）訳詩「眠る人びと」 « Les Dormeurs »　　*25*

　　　　（2）散文の翻訳　　*36*

　　4　バルナブースとホイットマン …………………………………………… *39*

　　　　（1）バルナブースの閲歴　　*39*

　　　　（2）バルナブースの文学観とホイットマン　　*42*

　　　　（3）バルナブースの詩と「カタログ手法」　　*45*

　　　　（4）バルナブースの自由詩　　*49*

Ⅲ　ヴァレリー・ラルボーとサミュエル・バトラー …………………………… *62*

　　1　ラルボーのバトラー発見 ………………………………………………… *62*

　　2　ラルボーのバトラーに関する批評 ……………………………………… *63*

　　　　（1）最初の論考　　*64*

　　　　（2）その他の論考　　*69*

　　3　ラルボーのバトラーに関する翻訳 ……………………………………… *76*

目　次　*vii*

Ⅳ　ヴァレリー・ラルボーとジェイムズ・ジョイス　………………… 89

　1　ラルボーとジョイスの出会い ………………………………… 89

　2　ラルボーのジョイスに関する批評 …………………………… 93

　　（1）ジョイスに関する講演　*93*

　　（2）他の論考など　*106*

　3　ラルボーと『ユリシーズ』の翻訳 …………………………… *108*

　　（1）ラルボーとフランス語訳『ユリシーズ』　*108*

　　（2）ラルボーによる『ユリシーズ』のフランス語訳　*110*

Ⅴ　ヴァレリー・ラルボーとラテンアメリカの作家たち ………… 120

　1　ラルボーとラテンアメリカ文学の出会い …………………… 120

　2　ラルボーとリカルド・グイラルデス ………………………… *123*

　　（1）ラルボーとグイラルデスの出会い　*123*

　　（2）ラルボーのグイラルデスに関する仕事　*125*

　3　ラルボーとアルフォンソ・レイエス ………………………… *134*

　　（1）ラルボーとレイエスの出会い　*134*

　　（2）ラルボーのレイエスに関する仕事　*138*

　4　ラルボーのホルヘ・ルイス・ボルヘス論など ……………… *143*

あとがき ……………………………………………………………… *152*

主要参考文献等 ……………………………………………………… *154*

初出一覧 ……………………………………………………………… *168*

〈 凡　例 〉

・本文で引用した文献の日本語訳は、断りのない限り、すべて引用者による。

・引用文中、傍点で強調されている箇所は、断りのない限り、原文のままである。

・引用文中、引用者による補足は〔　　〕で示した。

・引用文献および参考文献のうち、書籍については、著者（編者）名、書名、出版地（日本の場合は省略した）、出版社名、刊行年等をこの順で記した。また雑誌論文等については、著者名、論文題目、雑誌名、巻号数、発行時期、ページ数等をこの順で記した。なお欧文文献については、書籍、雑誌論文等とも、それぞれ上記の項目の間をコンマで区切った。

文学の仲介者ヴァレリー・ラルボー
ラルボーとホイットマン、バトラー、ジョイス、ラテンアメリカの作家たち

I ヴァレリー・ラルボーの翻訳論

　前記の通り、II〜IVの各章において、ヴァレリー・ラルボーのアメリカ詩人ウォルト・ホイットマン、イギリスの作家サミュエル・バトラー、アイルランドの作家ジェイムズ・ジョイスに関する訳業を取り上げるが、これらの作家に加えて、彼が翻訳を行った英語圏の作家や詩人は、アーノルド・ベネット Arnold Bennett (1867-1931)、ギルバート・キース・チェスタトン Gilbert Keith Chesterton (1874-1936)、サミュエル・テイラー・コールリッジ Samuel Taylor Coleridge (1772-1834)、ナサニエル・ホーソーン Nathaniel Hawthorne (1804-64)、アーチボルド・マクリーシュ Archibald MacLeish (1892-1982)、イーディス・シットウェル Edith Sitwell (1887-1964)、ロバート・ルイス・スティーブンソン Robert Louis Stevenson (1850-94)、フランシス・トムソン Francis Thompson (1859-1907) など、多数にのぼる。だが、翻訳者ラルボーにおいて特筆すべきは、彼の翻訳の対象が英語圏にとどまらず、さらにスペイン語圏やイタリアにも広がっていたことだ。すなわち、Vで取り上げるアルゼンチンのリカルド・グイラルデスやメキシコのアルフォンソ・レイエスなどのラテンアメリカの作家たちに加え、彼はラモン・ゴメス=デ=ラ=セルナ Ramón Gómez de la Serna (1888-1963) やガブリエル・ミロー Gabriel Miró (1879-1930) などのスペイン人作家、そして、リッカルド・バッケッリ Riccardo Bacchelli (1891-1985)、エミーリオ・チェッキ Emilio Cecchi (1884-1966)、ジャンナ・マンツィーニ Gianna Manzini (1896-1974) などのイタリアの詩人や作家たちの作品をも翻訳したのである。

2

　以上のようにラルボーの翻訳者としての仕事を概観してみると、先に紹介した「現代の翻訳者の真の王」という評価もなるほどとうなずける。本章では、ラルボーの個々の訳業の検討に先立って、翻訳者ラルボーの翻訳観や翻訳をめぐる言説について、彼が残した翻訳論集『聖ヒエロニュムスの加護のもとに』 *Sous l'invocation de saint Jérôme* (1946) を中心に考察してみたい。

　　1　聖ヒエロニュムスへのオマージュ

　さて、ラルボーの翻訳論を収めた前記の『聖ヒエロニュムスの加護のもとに』の書名に含まれている「聖ヒエロニュムス」(saint Jérôme) とは、言うまでもなく、初期キリスト教の教父であり、聖書のラテン語訳である『ウルガタ』 *Vulgata* を完成させたエウセビウス・ヒエロニュムス Eusebius Hieronymus (348頃 – 420) のことである。ラルボーの『聖ヒエロニュムスの加護のもとに』の第1部「翻訳者たちの守護聖人」 « Le Patron des Traducteurs » —— 初出は *Commerce* 誌1929年秋号—— は、まさに「現代の翻訳者の真の王」であるラルボーが、「翻訳者たちの守護聖人」であるヒエロニュムスに捧げたオマージュに他ならない。ラルボーは、『ウルガタ』を含むヒエロニュムスの事績を明らかにしつつ、彼が「ヘブライ語の聖書を西洋世界にもたらし、エルサレムとローマ、そしてローマとロマンス諸語のすべての人々、あるいはその言語体系にラテン語の単語や表現—— それらは多くの場合、『ウルガタ』中のものであったり、『ウルガタ』の最もよく知られた節とともに慣用化したヒエロニュムスの単語や表現なのであるが—— を加え入れたすべての人々をつなぐ大きな架け橋を建設した[1]」と述べる。そして、「他のどんな翻訳者がこれと同じことをしたであろうか？　他のどんな翻訳者がこれほど巨大な企てを、これほどの大いなる成功と、これほどの時空の広がりをもつ影響を伴って達成し得たか？[2]」と述べて、ヒエロニュムスに対し、この上ない賛辞を呈するのである。

　このようなヒエロニュムスの存在を最も輝かしい事例として、ラルボーは、翻訳者の活動が自国の文学や文化の発展に貢献する知的営為であることを確信し、同じ文章の中でこう述べている。

翻訳者は自らの知性を豊かにすると同時に、自国の文学をも豊かにし、自らの名を名誉あるものとする。ある言語、ある文学の中に別の文学の重要な作品を移し入れるということ、これはさえない卑しい企てなどではないのである[3]。

しかるに、翻訳者のこうした価値ある企てははたして正当に評価されているだろうか。実は、ラルボーはこの文章の冒頭において、以下のように翻訳者の地位の低さを慨嘆していたのである。

翻訳者は軽んぜられている。彼は最下位の地位に置かれている。言うならば、他人のお情けだけにすがって生きているのだ。彼は最も取るに足りない機能、最も控え目な役割を果たすことを受け入れている。「奉仕すること」が彼の信条であり、自らのためには何も求めず、彼が選んだ主人たちに忠実であることのみを名誉とし、自らの知的人格を無にするまでに忠実であろうとするのである。彼の存在を無視すること、彼にまったく敬意を払わないこと、ほとんどの場合、彼が翻訳しようとした対象を裏切ったと、しばしば何の証拠もなしに非難するためだけに彼の名をあげること、彼の作品が満足のいくものであっても彼を侮ること、それは、この上なく貴重な資質やこの上なく稀な美徳を蔑むことである[4]。

ラルボーが、ヒエロニュムスへのオマージュであるこの一文「翻訳者たちの守護聖人」を彼の翻訳論集の『聖ヒエロニュムスの加護のもとに』の巻頭に配したのは、あらためて「翻訳者たちの守護聖人」ヒエロニュムスの功績を世の人々に想起させつつ、彼もその一員である翻訳者の存在意義を強く押し出すためであったことは疑いない。

2 ラルボーの翻訳理念と翻訳原理

ここまで『聖ヒエロニュムスの加護のもとに』の第1部「翻訳者たちの守護聖人」を見てきたが、これに続く第2部「技術と技能」《L'Art et le Métier》の第1セクション「翻訳について」《De la Traduction》に、ラルボーの翻訳理念や翻訳原理、翻訳技法等を記述した論考が収められている[5]。これから主としてこれらの論考のいくつかを取り上げて考察することにするが、これらはすべて、ラルボーの活動時期としては晩年に属する1930年代以降[6]に執筆さ

4

れたり発表されている。翻訳者ラルボーの活動は20世紀の開幕とともに開始されており[7]、後述するように、この時期から1930年代までのおよそ30年間のうちに、彼の翻訳に関する考え方はかなりの変化を見せている。したがって、『聖ヒエロニュムスの加護のもとに』に収められた諸論考を考察する前に、それに先立つ時期に属する翻訳論の検討から始めることにしたい。

（1）1930年代までの翻訳論

　ラルボーは交流のあった作家、ジャン＝リシャール・ブロック Jean-Richard Bloch（1884-1947）に宛てた1913年1月1日付けの書簡において、こう述べている。

> 私は随分前から「翻訳技法」に関する短いエッセイを書こうと考えています。そこでは、原文に忠実ではないが、見事な翻訳というものに肩入れして、今日なお語り得ることのすべてを語り、逐語訳よりも文学的な翻訳の長所を強調することになるでしょう[8]。

そして、ラルボーはこうした構想に基づき、彼として初めてとなる翻訳論「翻訳について」《De la traduction》を、ブロックの主宰する L'Effort libre 誌1913年11月号に掲載する。この翻訳論はごく短いものに過ぎないが、そこには次のような主張が述べられている。

> 私は自分の翻訳が独自の解釈であることだけを望む。私があなた方に差し出すのは私の翻訳なのであり、他人の翻訳ではないのである[9]。

これらの二つの文章の内容を総合すると、当時のラルボーは、「逐語訳よりも文学的な翻訳」を目指し、彼自身の「独自の解釈」が訳文の中に明瞭に刻み込まれているような翻訳を志向していたと考えられる。後に詳述するように、この時期に彼が取り組んでいたアメリカ詩人ウォルト・ホイットマンの翻訳のあり方も、上記の事実を裏付けるものとなろう[10]。さらに、彼がとりわけ詩人・作家としての個性が反映された翻訳を旨としていたことは、やや後の時期になるが、1921年11月に、Les Nouvelles littéraires 誌の編集長モーリス・マルタン・デュ・ガール Maurice Martin du Gard（1896-1970）と行った対談で

の次のような発言にもうかがえよう。

　翻訳というのは個性的な仕事であると言ってよいかと思います！翻訳とはま
さに絵画の複製に似通っており、それゆえに詩にも近いのです。才能ある画家
は、へぼ絵描きよりもうまい模写を仕上げるでしょう。それと同様に、外国語
の知識が同等の二人について考えると、最良の翻訳を作り上げるのは、二人の
うちでより芸術家らしい、より詩人らしい方でしょう[11]。

（2）1930年代以降の翻訳論
——『聖ヒエロニュムスの加護のもとに』第2部を中心に

　一般に文学テクストの翻訳というものは、ラルボーの上記の表現を用いるな
らば、原文に密着することを第一義とする「逐語訳」を一方の極とし、原文の
字面に拘泥せず、一個の自立した文学テクストの実現を目指す「文学的な翻訳」
をもう一方の極としながら、現実にはこれらの両極の間にさまざまな偏差を伴
いながら存在するものであるに違いない。ラルボーは、『聖ヒエロニュムスの
加護のもとに』第2部の第1セクションに収めた「翻訳者の権利と義務」
« Droits et devoirs du Traducteur » においてこう述べる。

　翻訳者は裏切らないために、一方では、味気ない、奴隷のような忠実さのた
めに不忠実となる逐語訳を、そして他方では、「飾り立てた翻訳」を避けるため
に何をなすべきであろうか？つまり、翻訳者の権利と義務は何なのだろう
か？[12]

　だが、すぐれた翻訳とは何か、そしてすぐれた翻訳の実現を目指す「翻訳者
の権利と義務」はどのようなものであるのかを論ずることは、結局のところ、
翻訳者が翻訳に取り組む文学テクストの本質とは何かという問題に帰着するの
ではないだろうか。翻訳者が別の言語に転写すべきものは、元のテクストのそ
の本質なるものに他ならないからである。こうした文学テクストの本質をめ
ぐって、ラルボーは同じ文章の先のところに、イタリアの批評家フランチェス
コ・デ・サンクティスFrancesco De Sanctis（1817-83）の『ジャーコモ・レ
オパルディ研究』 Studio su Giacomo Leopardi（1885）から次の一節を引用し
ている。

6

　　　それぞれのテクストにはそれぞれに固有の音があり、色があり、動きがあり、
　　雰囲気がある。いかなる文学作品にも、いかなる音楽作品の場合と同様に、物
　　質的な字義通りの意味のほかに、より目立たない意味があり、それのみが詩人
　　によって意図された美的印象を私たちの中に創出するのである[13]。

そして、このような引用に続けて、ラルボーは以下のように付言する。

　　　翻訳しなければならないのはこのような意味なのであり、翻訳者の務めはと
　　りわけそこにあるのである。（中略）しかし、こうした文学作品の文学的意味を
　　翻訳するためには、まずそれを把握しなければならない。だが、それを把握す
　　るだけでは十分ではない。それをさらに再創造しなければならないのだ。（中略）
　　したがって、私たちには幾分かの自由が必要となる。しかし、どのような種類
　　の自由であろうか？[14]

　ここでラルボーは、「再創造」としての翻訳を実現するためには、翻訳者に
「幾分かの自由が必要となる」と述べているが、これは、そのような翻訳のた
めには「物質的な字義通りの意味」にひたすら密着するのではなく、それから
多少なりとも離れる「自由」が翻訳者には許容されるとの立場の表明でもあろ
う。ラルボーの考えるこの「自由」なるものがいかなるものか、あるいはどの
程度まで翻訳者に「自由」が許されると彼が考えていたかを把握するために、
同じ文章の末尾の次の一節を見てみよう。ラルボーはその箇所で、イギリスの
哲学者ジョン・ロック John Locke（1632-1704）の『人間悟性論』*An Essay
concerning Human Understanding*（1690）のピエール・コスト Pierre Coste
（1668-1747）によるフランス語訳について論じたフランスの思想家ジョゼフ・
ド・メーストル Joseph de Maistre（1753-1821）の『ペテルブルグ夜話』*Les
Soirées de Saint-Pétersbourg*（1821））を取り上げて、こう指摘する。

　　　彼〔ジョゼフ・ド・メーストル〕は、「余計で、あまりに明らかに滑稽なもの
　　だとして」、ある一節全体をそっくり削除した翻訳者〔ピエール・コスト〕を是
　　認している。（中略）彼は私たちのために、ある単語を別の単語に置き換える権
　　利や、場合によっては、一つの文や一つの節全体を削除する権利を要求してい
　　るのだ。彼が、削除された節の滑稽さや馬鹿らしさといった理由に基づいて、
　　このような削除を是認したのは遺憾である。というのも、実のところ、ここま

でくると彼の見解に従うことは受け入れ難くなるからだ。私たちの責任感、つまり、私たちの翻訳者としての道義心が私たちにそれを禁じるのである。だが、もし彼が、「コストは、余計であまりに明らかに無用なものとして、この一節を削除した」と書いていたとしたら、私たちは彼に同意するであろう。したがって、ある語を別の語に置き換える私たちの権利を利用して、彼が「滑稽」の代わりに「無用」と書いていたと仮定しよう。それならば、私たちの見解は一致するのだ。私たちが求めるのはそれ以上でも、それ以下でもない[15]。

　こうしてみると、ラルボーは、原文の「余計であまりに明らかに無用なもの」を翻訳テクストから削除する「権利」を認めているように見受けられるが、それではその反対に、原文にない要素を翻訳文に付け加える「権利」についてはどのように考えているのだろうか。この点に関しては、サミュエル・バトラーの『ノート・ブックス』 The note-books of Samuel Butler (1912) に関する彼自身による翻訳の経験を踏まえて書かれた文章「鉛筆の先」 « Pointes de crayons » —— 初出は『技法』 Technique (1932) —— が参考になろう。この文章の中でラルボーは、バトラーの書き残した断章やメモの類をまとめて死後出版された上記の書の「メルキゼデク」 "MELCHIZEDEK" の項のフランス語訳をめぐって、こう書き記している。

　　「メルキゼデク」と題された覚え書の逐語訳は以下の通りとなる。「彼は本当に幸せな男だった。彼には父もなく、母もなく、子孫もなかった。彼は独り者の権化だった。彼は生まれついての孤児だった[16]。」「過渡的な試行期間」（＝私の見直す前の翻訳）を脇に置くとすると、私は以下のような訳に行き着いた。「本当に幸せな男がいた。彼には父もなく、母もなく、子孫もなかった。独り者の権化！生まれついての孤児！[17]」だが、このような翻訳を批判的に検討した結果、欠陥が明らかになった。すなわち、感嘆符が余計なのだ。それに、それはS. バトラーの流儀にも反している。彼はそれをめったに使わないからだ。それは、彼がこの文章を書いた時に感じた、むしろ内にこもり秘められた喜びに過剰な盛り上がりと表出感を与えてしまっている。私はこのエピグラムに対し、鉛筆の先を細くしようとし過ぎて折ってしまったというわけだ。しかし不具合はたやすく修正できた。二つの感嘆符を取り除くだけで十分なのだ[18]。

　このように、バトラーの原文に元々存在しない感嘆符を訳文に付け加えたこ

とは「余計な」こと、いわば過剰な潤色とラルボーには判断され、最終的には、原文に即して感嘆符を削除することにしたというわけである。

　さて、このように彼自身の翻訳過程を明らかにしたラルボーは、同じセクションに収められた論考「翻訳者の天秤」«Les Balances du Traducteur»──初出は*Ecrits du Nord*誌1935年6月号──において、次のように、翻訳の作業を天秤での計量作業になぞらえる。

　　　私たちはそれぞれ身辺に、テーブルや机の上に、銀の皿、金の竿、プラチナの軸やダイヤモンドの針の付いた、目に見えない知的な天秤一式を置いている。その天秤はミリグラムの何分の一の誤差でも表示でき、ごく微量のものでも測ることができるのだ！（中略）というのも、翻訳の作業の全体は言葉の計量だからだ[19]。

　翻訳とは、天秤の左の皿に元のテクスト（A言語の単語や表現の集合体）を置き、右の皿にB言語のそれらに対応すると思われる単語や表現を分銅のように載せては、また別の単語や表現に置き換え、左の皿と完全に釣り合いがとれるまで右の皿の中身を調整していく作業だというわけである。そしてこうした作業の末に、元のテクストを載せた左の皿と、翻訳テクストを載せた右の皿が見事に釣り合ったまさにそのとき、完璧な翻訳が成就したことになるはずである。このような理想的な翻訳に関して、ラルボーは同じセクションの別の文章「A. フレイザー・タイトラー」«A. Fraser Tytler»において、このスコットランドの批評家の『翻訳原理についての試論』*Essay on the Principles of Translation*（1791）に言及しつつ、こう述べる。

　　　「原典の構成の自然さを十全に備えた」上に、翻訳のスタイルが「原典のスタイルと同様のものである」ような「原典の意味の完璧な移し替え」。（中略）それはまた私たちの理想でもある。もっとも私たちは、正確さのために美しさを、あるいは美しさのために正確さを犠牲にすることなしに、そのような理想に到達できるというような幻想はあまり持っておらず、何をおいても正確さを求めるのではあるが[20]。

　この文章の中で注目すべきことは、ラルボーが翻訳において、「正確さ」と「美しさ」をいわば対立的に、相互に相容れないものととらえた上で、「何をお

いても正確さを求める」と述べ、「美しさ」よりも「正確さ」に優位性を認めていることである。すなわち、1920年代までは、どちらかと言えば、「正確さ」よりは「美しさ」を重視していたと思われるラルボーの翻訳姿勢が転換したかのような印象を受けるからである。同じセクションの別の文章「短気な連中」«Gent irritable» ── 初出は*Poésie*誌1944年1月号── にも、以下の通り、同様の趣旨の発言が見られる。

　　お前は手際よく翻訳していると思い込み、お前の翻訳が元のテクストとさほど遜色のないものであることをひそかに望んでいる。だが、見てみるがいい。お前は正確に訳すことすらできていないではないか！下手くそな職人よ、目方を偽る商人よ、いい加減な仕事しかしないお前よ、いったいお前は社会のどこで役に立っているというのか、お前を正当化してくれるものはどこにあるというのか？[21]

　さらに、こうした文章のすぐ後には、「私たちの最良の者にあっては、こうした過ちの意識が鋭いとげ、心からの悔恨の要因となるということ、これは疑いを入れない事実なのだ[22]」とも記されていることから、これらの文章は、翻訳者としてのラルボー自身の痛切な自戒の言とみなしてよいものと考えられる。そして、彼がこうした自戒に立ち至り、彼に翻訳姿勢の転換を促す契機となったのは、やはり1930年代までになされた彼自身の「正確さを犠牲に」した「文学的翻訳」に対する外部からの批判および自己批判であっただろう。先に言及したバトラーの『ノート・ブックス』の翻訳に関して、*La Nouvelle Revue Française* 誌の1935年1月号に発表した「サミュエル・バトラーのノート・ブックス（訳者の前書き）」«Les Carnets de Samuel Butler（Avant-propos du traducteur)» では、訳者として次のように述べているのである。

　　細部においては完全に正確だが、全体としてみれば、テクストについて平板で無味乾燥で貧弱なイメージしか伝えない翻訳（中略）があり得ると彼らは言う。それはその通りで、そのような実例をいくつも挙げることができるだろう。しかしながら、テクストの細部に文法的に忠実であることを気にかけず、訳しにくいところを削除したりごまかしたり、少しくらいの誤訳などは意に介さないような「華々しい」翻訳の方が、原作の美しさを捕捉することのできなかっ

た学者の手になる細心綿密で過ちのない翻訳よりも優れているとは言えないことも私は承知しているのである[23]。

　何か奥歯に物がはさまったような物言いだが、ここには、彼自身のバトラーの『ノート・ブックス』の翻訳等の経験を経て、「美しさ」よりも「正確さ」を重視すべきとする立場に移行した事情が反映していると言えよう。

3　ラルボーの翻訳論の評価をめぐって

　ここまで、『聖ヒエロニュムスの加護のもとに』を中心に、ラルボーの翻訳をめぐる言説を一通り見てきた。こうしたラルボーの翻訳論は、翻訳学ないしは翻訳理論の歴史においてどのように評価され、また位置づけられるものなのだろうか。

　たとえば、フランスの言語学者ジョルジュ・ムーナン Georges Mounin（1910-93）はその著『翻訳の理論』Les Problèmes théoriques de la traduction（1963）においてこう述べている。

　　　したがって翻訳者は2000年の間、彼らの活動については証言しか持たなかったのだが、そのあるものは非常に大部なものであり、ほとんどすべてのものが有益であり、いくつか重要なものも含まれている。キケロ、ホラティウス、聖ヒエロニュムス、ダンテ、エラスムス、エチエンヌ・ドレ、ジョアシャン・デュ・ベレー、アミヨ、ルター、ラ・モット＝ウダール、モンテスキュー、ダシエ夫人、リヴァロル、ポープ等の名、そしてシャトーブリヤン、ポール＝ルイ・クーリエ、ゲーテ、シュレーゲル、ショーペンハウアー、フンボルト、ルコント・ド・リール、マラルメ、さらにはベラール、ベディエ、マゾン、ヴァレリー・ラルボー、クローチェ、ジッド等の名は、ほとんど常に他の事柄についてではあれ、翻訳に関して意見を述べた作家たちの書誌のほんのアウトラインを示すに過ぎない。しかし彼らは、一番ましな場合でも、一般的な印象、個人的な直観、経験の目録、職人的な秘訣などを提示したり、コード化しているくらいのものである。誰でも好きなように、こうしたあらゆる材料を集めれば翻訳の経験論を手に入れることができるわけだが、それは決して無視できないものであることは確かにしろ、やはり経験論でしかないのである[24]。

I　ヴァレリー・ラルボーの翻訳論　*11*

　このようにムーナンは、「翻訳に関して意見を述べた作家たち」の一人とし
てラルボーの名を挙げているが、ラルボーを含めて、これらの作家たちの翻訳
に関する言説は「経験論でしかない」として、積極的な評価を与えてはいない。
しかしながら、ラルボーに関して言えば、確かに彼の翻訳論の多くは「経験論」
には違いなかろうが、前述した通り、スコットランドのタイトラーの翻訳理論
書『翻訳原理についての試論』を始め、先行する多数の翻訳論を参照し咀嚼し
て書かれたものであることも事実なのである。たとえば、やはり『聖ヒエロ
ニュムスの加護のもとに』第2部に収められた「尽きない話」《El Cuento de
nunca acabar》には、翻訳者が参照すべき翻訳理論家に関して以下のような
指摘を行っているのである。

　　　フランス語圏に限るなら、エチエンヌ・ドレ[25]、トマ・シビレ[26]、ジャッ
　　ク・ペルチエ[27]、ジョアシャン・デュ・ベレー[28]、バシェ・ド・メジリアック[29]、
　　ピエール＝ダニエル・ユエ[30]、ガスパール・ド・タンド[31]、別名レスタン等
　　──17世紀末までに留めておけば──といった本来の意味での理論家たちのみ
　　ならず、翻訳理論家でもあった多くの翻訳家たちの序文や注解をも、まずはわ
　　が国の黄金の世紀の翻訳王であるペロ・ダブランクール[32]のそれを読まねばな
　　らない。加えて、翻訳を行わなかった、あるいは少なくとも翻訳を公にしな
　　かった作家の中にも、翻訳技法に関して重要な見解を表明した者が幾人かいる。
　　たとえば、近現代について言えば、フランチェスコ・デ・サンクティスおよび
　　ポール・ヴァレリーである[33]。

　誰よりもラルボー自身が、こうした翻訳理論の先人たちの著作を渉猟し参照
していたことは疑い得ぬところであろう。その意味では、彼の所論は単なる
「経験論」ではないはずである。

　また、ジョージ・スタイナーGeorge Steiner (1929-　) は『バベルの後に：
言葉と翻訳の諸相』*After Babel : aspects of language and translation* (1975)
において、ムーナンと同様に、翻訳に関する理論的な系譜を辿りながら、キケ
ロMarcus Tullius Cicero (前106-前43) からヘルダーリン Johann Christian
Friedrich Hölderlin (1770-1843) までを第1期とし、「第1期の主要な特徴は、
直接的な経験に焦点が当てられていること[34]」と述べている。このような見解

に従えば、ムーナンの言うところの「経験論」としての翻訳論はこの第1期で終わることになるが、続く第2期は「理論と解釈学的探究[35]」の時期とされ、この期はまさに前記タイトラーの『翻訳原理についての試論』に始まり、ラルボーの『聖ヒエロニュムスの加護のもとに』をもって終わるとされているのである。そしてラルボーの同書については、「直観力に富むが、非体系的[36]」という評価がなされている。

　同様の評は、フランスの翻訳家で翻訳理論家のエドモン・カリー Edmond Cary (1912-66) の前記『フランスの大翻訳家』にも見られ、以下のように指摘されている。

　　　本書には、体系的なところはまったくない。本当のところ、それはさまざまな時期に書かれ、かなり緩い結びつきでまとめられた論考やエッセイから成るアンソロジーのかたちを呈しているのである[37]。

『聖ヒエロニュムスの加護のもとに』が体系性を欠くとの指摘は確かにその通りであろう。しかしながらその一方で、カリーはラルボーのこの翻訳論集に関し、「最も広範な人々にこの領域の諸問題の手ほどきをしたのは、おそらく本書である。この書は、翻訳の技法に関して打ち立てられた記念碑である[38]」と述べ、その内容に関しては高く評価しているのである。

　そして、フランスの翻訳理論家アントワーヌ・ベルマンAntoine Berman (1942-91) も、その著『翻訳作品の批評のために：ジョン・ダン』*Pour une critique des traductions : John Donne* (1995) において、前記のムーナンやスタイナーを引き合いに出しながら、こう述べている。

　　　ムーナンは「象徴的な父」などでは断じてない。フランスにおけるその後の「翻訳理論」の父でもなければ、翻訳に関する考察の父でもない。彼の『翻訳の理論』を（中略）フランスの翻訳論の最上のものとみなすのをやめるべき、今こそやめるべき時だ。なぜならば、フランスにおける翻訳に関する考察の「象徴的な父」が確かに存在するからであり、それは『聖ヒエロニュムスの加護のもとに』を著したヴァレリー・ラルボーなのだ。同書を「厳密さを欠く」などと評するとは、ジョージ・スタイナーの混乱した無知な思い上がりも甚だしいというものだ。そのばらばらで、時に無造作な見かけ、その不連続な外観と

少々審美的すぎる言葉使いにもかかわらず、『聖ヒエロニュムスの加護のもとに』は読むべき、読み返すべき、偉大で恵み多く、きわめて重要な書物なのである[39]。

　ベルマンはこのように舌鋒鋭くムーナンやスタイナーを批判し、その一方でラルボーを「翻訳に関する考察の『象徴的な父』」と呼び、賞賛している。こうしたベルマンの評価には、ムーナンやスタイナーに対する否定的評価においても、またラルボーに対する肯定的評価においても、いずれもやや極端に過ぎる嫌いがないわけではないが、彼の述べるように、『聖ヒエロニュムスの加護のもとに』を中心とするラルボーの翻訳論が翻訳理論の歴史において決して無視できない位置を占めるものであることは否定できない事実であろう。

　次章以降においては、ここまで見てきたラルボーの翻訳論が個々の翻訳においてどのように実践され、また反映しているのかを検証し、評価していくことになる。

【注】

1 ）Valery Larbaud, *Œuvres complètes de Valery Larbaud*, tome 8, Paris, Gallimard, 1953, p. 65.

2 ）*Id.*

3 ）*Ibid.* p. 93.

4 ）*Ibid.*, pp. 15-16.

5 ）第 2 部の第 2 セクション「考察」《Remarques》 および第 3 部「技法」《Technique》 には、文学論や言語論と言うべき論考やエッセイのみが収録されており、翻訳論は見当たらない。

6 ）ラルボーは1935年 8 月に、脳出血により、事実上文学活動の停止に至る。

7 ）ラルボーは1901年に、イギリスのサミュエル・テイラー・コールリッジの長詩『老水夫行』*The Rime of the Ancient Mariner* (1798) をフランス語訳して、自費出版している。

8 ）引用は、Anne Chevalier, *Valery Larbaud*, Paris, Editions de l'Herne, 1992, p. 264.に拠った。

9 ）引用は、同前、p. 234.に拠った。

10）詳細については、本書のⅡ・3 を参照されたい。

11）Maurice Martin du Gard, *Les Mémorables 1 : 1918-1923*, Paris, Flammarion, 1957, pp. 174-175.

14

12) Valery Larbaud, *Œuvres complètes de Valery Larbaud*, tome 8, *op. cit.*, p. 77.

13) *Ibid.*, p. 85.

14) *Ibid.*, pp. 85-86.

15) *Ibid.*, p. 88.

16) 原文は以下の通り。"He was a really happy man. He was without father, without mother and without descent; he was an incarnate bachelor. He was a born orphan." (Samuel Butler, *The note-books of Samuel Butler*, edited by Henry Festing Jones and A.T. Bartholomew, New York, AMS Press, 1968, p. 25.)

17) ラルボー訳の原文は以下の通り。«Voilà un homme vraiment heureux. Il était sans père, sans mère, sans postérité. Célibataire incarné ! Orphelin de naissance!» (Valery Larbaud, *Œuvres complètes de Valery Larbaud*, tome 8, *op. cit.*, pp. 122-123.)

18) *Ibid.*, pp. 122-123.

19) *Ibid.*, pp. 98-99..

20) *Ibid.*, p. 119.

21) *Ibid.*, p. 127.

22) *Ibid.*, p. 128.

23) Valery Larbaud, «Les Carnets de Samuel Butler (Avant-propos du traducteur) », *La Nouvelle Revue Française*, 1er janvier 1935, p. 89.

24) Georges Mounin, *Les Problèmes théoriques de la traduction*, Paris, Gallimard, 1963, pp. 11-12.

25) Etienne Dolet (1509-46)。新約聖書のフランス語訳等を刊行したユマニスト（人文主義者）、出版業者で、『翻訳指南、併せてフランス語句読記号およびアクサンについて』*La Manière de bien traduire d'une langue en aultre. D'avantage. De la punctuation de la langue Francoyse. Plus Des accents d'ycelle* (1540) を著す。

26) Thomas Sibilet (1512-89)。詩人で、『フランス詩法』*Art poétique français* (1548) や『エウリピデスのイピゲネイアのギリシャ語からフランス語への翻訳』*Iphigénie d'Euripide tournée du grec en français* (1549) などがある。

27) Jacques Peletier du Mans (1517-82)。プレイヤッド派の先駆者とされる詩人で、ホラティウスの『詩論』*Ars poetica* のフランス語訳 *Art poétique d'Horace* (1545) などがある。

28) Joachim du Bellay (1522-60)。プレイヤッド派の詩人で、その『創作詩集』*Autres Œuvres de l'invention* (1552) には、ウェルギリウスの『アエネイス』*Aeneis* 第4巻の翻訳が添えられている。

29) Baschet de Méziriac (1581-1638)。オウィディウスの『名高き女たちの手紙』*Heroides* のフランス語訳 *Epîtres d'Ovide* (1626) などがある。

30）Pierre-Daniel Huet（1630-1721）。古代ギリシャのロンゴスの牧歌的物語のフラン
　ス語訳などがある。

31）Gaspard de Tende（1618-97）。『翻訳論、ラテン語をフランス語に訳すための規則』
　Traité de la traduction ou Règles pour apprendre à traduire la langue latine en la
　langue française（1660）などがある。

32）Nicolas Perrot d'Ablancourt（1606-64）。古代ギリシャやローマの多数の作家たち
　（ホメーロス、トゥキュディデス、クセノポン、プルタルコス、キケロ、タキトゥス
　など）の著作の翻訳に携わったが、それらの訳業は後に「美しい不正確な」翻訳と
　して揶揄された。

33）Valery Larbaud, *Œuvres complètes de Valery Larbaud*, tome 8, *op. cit.*, p. 115.

34）George Steiner, *After Babel : aspects of language and translation*, Oxford,
　Oxford University Press, 1998, p. 248.

35）*Ibid.*, p. 249.

36）*Id.*

37）Edmond Cary, *Les grands traducteurs français*, *op. cit.*, p. 115.

38）*Ibid.*, p. 114.

39）Antoine Berman, *Pour une critique des traductions : John Donne*, Paris,
　Gallimard, 1995, p. 247.

# ヴァレリー・ラルボーとウォルト・ホイットマン

　本章では、ヴァレリー・ラルボーがアメリカのウォルト・ホイットマンを発見するに至った経緯を明らかにした上で、ラルボーがホイットマンに関して行った批評や翻訳の仕事を総括するとともに、ラルボーの代表作である『A. O. バルナブース全集』の主人公バルナブースの人物像とこのアメリカ詩人との関連性を探ることで、ラルボーにおけるホイットマン受容のあり方についても考察することにしたい。

1　ラルボーのホイットマン発見

　ラルボーは、1926年に執筆した自伝的なメモ『わが歩み』*Mon itinéraire*――刊行は死後の1986年――において、「ウォルト・ホイットマンの発見」を1901年のこととしている[1]。だが、それに十数年先立つ1911年3月2日に、詩人アンリ・ジャン＝マリ・ルヴェ Henry Jean-Marie Levet（1874-1906）[2] をめぐって、親友の詩人レオン＝ポール・ファルグ Léon-Paul Fargue（1876-1947）と行った対談では、その時期を「ルヴェの詩との最初の出会いの3年前[3]」としている。ラルボーのルヴェの詩編「葉書」« Cartes postales » との「最初の出会い」が1902年である[4]ことからすると、ホイットマンの「発見」は1899年に遡ることとなる。このようにラルボー自身の記憶もいささか曖昧なように見受けられるが、ラルボーの友人であった批評家ジョルジュ・ジャン＝オーブリ Georges Jean-Aubry（1882-1950）によって著されたラルボーの

伝記では、上記「対談」の証言に依拠したのか、やはり 1899 年、彼がパリの
リセ・ルイ・ル・グランに在学していた 18 歳の頃にこのアメリカの詩人を「発
見」したと記されている[5]。さらに、その後のベアトリス・ムスリによるラル
ボーの伝記なども、基本的にこのジャン＝オーブリの記述に従っている[6]。ま
た、ジャン＝オーブリらによって編集されたガリマール社の『ヴァレリー・ラ
ルボー全集』第 3 巻には、ラルボーによる「ホイットマン論」――『ウォル
ト・ホイットマン選集』の序文として書かれたもので、これについては次節で
詳しく検討する――を収録した評論集『この罰せられざる悪徳、読書：英語の
領域』が収められているが、その注では、ラルボーが W. M. Rossetti 編纂のホ
イットマンの『詩集』 Poems (1895) に接した時期を、少し幅を持たせて 1899
年から翌年にかけての時期としている[7]。

　以上のように多様な見解が存在する中で、ラルボーにおけるホイットマンの
発見の時期を確定するに足る決定的な材料は現時点ではないのだが、彼がホ
イットマンの存在を知り、その詩集を手に取ったという意味での「発見」が
1899 年から翌年にかけての時期であり、この合衆国の詩人の価値を「発見」
したのが 1901 年あたりであったと考えるのが妥当なところなのかもしれない。
この後者の「発見」について言えば、ラルボーはこの年の 10 月に、 La Plume
誌の編集長カルル・ボエス Karl Boès (1864-1940) の求めに応じて、ホイット
マンに関する記事を書き始めていたのである[8]。ラルボーによるホイットマン
の価値の「発見」がこの時期に当たることは間違いないと思われる。

　さて、このようにラルボーにおけるホイットマンの「発見」を、この語の多
義性に鑑みて、1899 年から 1901 年にかけてのこととしておくと、それでは、
この「発見」はどのような経緯でもたらされたのであろうか。上記のファルグ
との「対談」において、ラルボーはホイットマンを「野人[9]」(le Barbare)
と呼んでいるが、この「野人」との出会いに至る状況について次のように語っ
ている。

　　本当のところ、僕たちは、フランス文学については新しいものはすべて汲み
　尽くしてしまったような印象を持っていた。早くも第 4 学級の頃から、ラフォル

グ、コルビエール、ランボー、イジドール・デュカスといった巨匠たちを発見
していたんだ。高踏派にならって韻律の練習も始めていた。その後に僕たちは、
ギュスターヴ・カーン、スチュアート・メリル、ヴィエレ＝グリファンを導き
手とみなして、自由詩に取り組んでいた。僕たちにとってクローデルやジャム
やジッドはもうすでに、大衆にとって今やそうなり始めている大物だった。（中
略）一つの国にあっては、30年ほどの期間にこれほど多数の大作家を生み出し
たことで十分ではないかと考えていた。そこで、外国に目を向けるようになっ
たんだ。そこにはもっと新しいもの、少なくとも僕たちが知っているものとは
全く別のものがあるかもしれないと思ってね。その時なんだ、僕がホイットマ
ンを「発見」したのは[10]。

　文学青年ラルボーは、この頃すでにフランスの過去「30年ほどの」大作家を
すべて「汲み尽くしてしま」っており、その結果、「外国に目を向け」始め、
ホイットマンを「発見」したというのである。
　そして、ホイットマンの『草の葉』 *Leaves of Grass*（1855）の詩編から受け
た感動を、上記に続けて次のように告白している。

　　　僕が愛したのはあの形式、つまり、霊感の大いなる高まりの中で彼の思念が
　　詩に造形される時のあの形式だった。あの頃までに僕たちが見たどんな詩より
　　も自由なあの偉大な詩編、あの新たな調子、あの抒情的で日常的で予言者的な
　　流露の調子、それはどれほど新たな地平を開示してくれたことだろう！[11]

　そして、それ以後彼は、前述の通り、ホイットマンの研究に着手するととも
に、『草の葉』から気に入った詩編をフランス語に訳したり、またある場合に
は、自らホイットマン流の自由詩を試みたりもするのである。

2　ラルボーのホイットマンに関する批評

（1）二つの小論考

　前節で見たように、ラルボーは世紀の変わり目頃にホイットマンの存在と価
値を「発見」したのだが、生涯にわたって多くの外国の作家や文学と関わりを
持ち続けたラルボーにあって、ホイットマンは初めて彼が大きな影響を受けた

外国の文学者であった。そして、これも先述の通り、ラルボーは1901年10月に *La Plume* 誌の編集長カルル・ボエスの求めに応じてホイットマン論を書き始め、これが最終的にアンドレ・ジッド André Gide（1869-1951）のイニシアティブで1918年に刊行される『ウォルト・ホイットマン選集』 *Walt Whitman: Œuvres choisies* の巻頭を飾る「研究」に発展するのだが、それに先立ち、*La Phalange* 誌に二つの小論考を発表している。一つは、1908年10月15日発行の第28号に掲載された2ページほどのもので、前年に刊行されたルイジ・ガンベラーレ Luigi Gamberale（1840-1929）による『草の葉』イタリア語訳（*Foglie di erba*）──これが『草の葉』完訳の第1号である[12]──に関する書評である。ここでラルボーは、ホイットマンを翻訳することの意義について以下のように述べている。

　　ホイットマンを翻訳すること、これは、彼の崇拝者たちにとっては、聖職者の職務を履行することである。そして実のところ、この解釈の作業はヨーロッパ文化の利益そのものに関わるのである。というのも、ホイットマンは今世紀初めの詩に、新たな、より自由でより精妙な韻律をもたらし、とりわけ、彼の作品の確固たる基盤であるところの民主主義的感情をもたらしてくれたからである[13]。

だが、このようにホイットマンを翻訳することの意義を強調した上で、ラルボーはこのイタリア語訳については、次のような不満を表明する。

　　ホイットマンが詩の本体において進んで用い、いわばインターナショナルな語彙を形成し、彼の全般的な傾向を表す指標となっているフランス語やスペイン語の単語が、この翻訳ではほとんどの場合、イタリア語に訳されており、そのために、詩人の意図そのものに反してテクストの中に埋没してしまっている。私見によれば、ホイットマンによって編み出された «luminé» や «camerado» のようなフランス語まがい、スペイン語まがいの単語でさえも、そのまま手を加えずに訳中に留められるべきであると考える[14]。

　このような指摘は、数か国語を操れたポリグロット、ラルボーならではのものとも言えよう。

それでは続いて、同じく*La Phalange*誌の第34号（1909年4月20日）に掲載されたラルボーの論考「フランス語のウォルト・ホイットマン」《Walt Whitman en français》を見てみることにしよう。これもわずか4ページばかりの短文に過ぎないが、主として同年に刊行されたばかりのレオン・バザルジェットLéon Bazalgette（1873-1928）によるフランス語訳『草の葉』──これは、前記のL. Gamberaleに次ぐ『草の葉』完訳第2号である[15]──の書評となっており、この訳業によって、「10年、いや8年前でも、（中略）フランスにおいてまだあんなにも少数の読者しか有していなかった」「驚くべきアメリカの詩人」が「ついにフランス語で私たちに語る」ことの意義をラルボーは強調している[16]。そしてラルボーは、前世紀末のガブリエル・サラザンGabriel Sarrazinの論考やジュール・ラフォルグJules Laforgue（1860-87）による翻訳以降のフランスにおけるホイットマン受容の歩みを振り返り、1907年夏の*Mercure de France*誌に掲載された論考「労働者詩人ウォルト・ホイットマン」《Walt Whitman, ouvrier et poète》[17]、Henry-D. Davrayによる翻訳、バザルジェットによる評伝、そして同じく*La Phalange*誌に掲載されたPhiléas Lebesgueの論考等に言及している。

そして、この小論の後半はバザルジェットの翻訳の検討に充てられている。注目すべきことは、バザルジェットの翻訳が「原詩のきわめて忠実なイメージを提示している[18]」と、全体としては高く評価しつつも、その訳し方について、以下の三点にわたって異議を唱えている事実である。その第一は、Gamberaleのイタリア語訳についても指摘していたことだが、ホイットマンの原詩に多用される外国語（《Libertad》、《Camerado》、《luminé》など）をバザルジェットがフランス語に訳していることに対して、「訳す必要性については納得できない[19]」とし、「少なくともイタリック体にすべきだった[20]」と述べていることである。第二には、バザルジェットが《invigorer》（鼓舞する）、《s'inaugurer》（始まる）など、用例の乏しい、きわめて特殊な訳語を用いることにより、「詩句のいくつかをひどく重苦しくさせている[21]」と批判していることである。そして最後の第三点目は、「'love' を 'affection'（情愛）と訳すこと[22]」についてである。これは、「カラマス」詩編などに見られる同性愛的

表現を問題にしたものだが、「いく人かの愚かな人々の薄笑いを恐れたものであろうか？ 23)」と、ラルボーはコメントしている 24)。

（2）『ウォルト・ホイットマン選集』の「研究」

　それではこれから、『ウォルト・ホイットマン選集』に序文として収められたラルボーの「研究」25) を見てみよう。

　亀井俊介氏は『近代文学におけるホイットマンの運命』において、このラルボーの論考を取り上げ、以下のように評している。

> 　Valéry Larbaudの序文は37ページにわたる長文である。それはBurroughsやBuckeらの偶像崇拝的文章だけでなく、Bliss PerryやBasil De Selincourtの客観的な研究も参照して書かれた見事なもので、彼がみずから「研究」（étude）と呼んでいるのもよくうなずける。そして彼は、ここでWhitmanをアメリカの予言者の神棚からひきおろし、一個の国際詩人として精密に考察しているのだ 26)。

　確かに、このホイットマン論はラルボーが1901年から十年余りの歳月を費やして 27) 書き上げた労作であり、彼の書き残した数々の論考や評論の中でも最も「研究」色の強いものと言えるだろう。

　それでは内容の検討に進もう。このラルボーの「研究」は三つの章から成る。まず第Ⅰ章「ホイットマン研究」（Les Etudes whitmaniennes）では、この時点までに著されたホイットマンに関する文献が、「批評以前」（pré-critique）と「批評」（critique）の二つの段階に分けられて総括される。「批評以前」の段階に関するラルボーの論述の中で特筆されるのは、亀井氏の指摘にもある通り、Burroughs、Bucke、W. M. RossettiやEdward Carpenterなどによって作られた「ホイットマン＝予言者・哲学者・宗教家・労働者」などという「神話」や「伝説」をラルボーが斥けていることであろう。その上で、「ブリス・ペリーの『ウォルト・ホイットマン』によって、ついに真の批評の時代に入る 28)」とし、「ブリス・ペリーの大いなる功績は、ホイットマン信者の偶像の代わりに、人間とまさに文学者の姿を明らかにしたことである。とりわけ、

作品の分析的研究の基礎を築いたことである[29]」と評価している。とはいえ、ブリス・ペリーが、「ホイットマンの弱点、彼が現代思想や現代生活から隔たってしまったところのもの、それは彼の神秘思想である[30]」と述べたことに対しては、「それは結論を急ぎ過ぎている。まさに私たちは現在、ホイットマンの作品の基礎となった哲学に似通った観念論哲学が生まれたり、よみがえるのを目撃しているのであり、これから先もおそらくさらにそうなるであろう[31]」と批判もしていることは注目に値する。

次に第Ⅱ章「人と作品との関係」（Rapports de l'homme et de l'œuvre）では、詩人となる以前のホイットマンから『草の葉』出版以後のホイットマンまでの来歴が紹介され、彼の発展を条件付けた諸要素や、この詩集のアメリカ内外での評価などについて解説が加えられる。ここでは特にホイットマンとドイツ観念論、合衆国の現状、エマソンの『エッセイ集』Essaysなどとの関係の説明に力点が置かれており、ヘーゲルとの関係については、「ヘーゲルは、ホイットマンの思想とさらには彼の作品に対して酵母の働きをした[32]」と指摘する。そして、ホイットマンと当時の合衆国の現実との関わりについては、「アメリカは彼にとっては、形成途上の社会が新たな『調和の時代』を実現するはずの場所である[33]」とし、さらに以下のように述べている。

> もう一つの大きな要素、ホイットマンを刺激したいま一つのものは、形成真っただ中の合衆国の光景である。（中略）ホイットマンにとって、彼が形成途上の国家の詩人であったというのは幸運なことであった。少なくとも、歴史とは自由の無限の発展の歴史に他ならないとするヘーゲル派の哲学者ならそう思えたはずである。19世紀の合衆国は、ホイットマンの眼前にこの発展の実像を示し、このようにして彼を鼓舞して、未来に投げ出された開拓者の詩を、前進、一時的な後退、そして新たな前進の歌を書かせたのである[34]。

ここでラルボーが強調するように、「形成真っただ中の合衆国」が、詩人ホイットマンにとって霊感の一つの源であったことは事実であろう。とはいえ、ホイットマンは、ラルボーの説くほどに、合衆国社会の現実をあたかもヘーゲル弁証法の「無限の発展」の具現として、全面的に肯定していたわけではない。1840年代後半のホイットマンは、民主党の機関紙『イーグル』*The Brooklyn*

Eagle, and Kings County Democrat の編集に携わる政治ジャーナリストで
あったが、「ほぼ2年間にわたる『イーグル』の編集から彼が学んだのは、建
国の理念を大きく逸脱した民主党の実態[35)]」であり、さらには、「〔アメリカ〕
東部の政治家、実業家、知識人によって、新世界の理想が汚されていく[36)]」の
を見たのだった。むしろ、彼の掲げた理想がアメリカ社会の現実によって次第
に打ち壊されていく過程にこそ、ホイットマンのジャーナリストから詩人への
転身を解く一つの重要な鍵があると思われるのである[37)]。

さて、最後の第Ⅲ章「結論」（Les Résultats）では、これまでの論述を踏ま
え、ホイットマンおよびホイットマン詩について、「古びた要素」（éléments
caducs）と「生き続けている要素」（éléments vivants）が整理される。まず
前者の「要素」については、ホイットマンが「民衆」（people）の出現と台頭
を信じ、アメリカの「大衆」に呼びかけたことを挙げる。だが、こうしたホ
イットマンの姿勢の正当性に対する「反証は確たるものである[38)]」として、
「今日もなお、彼の詩は最高の最も限られたエリートたち、幸福な少数者たち
に向けられている[39)]」とラルボーは言明するのである。しかしながら、このよ
うなラルボーの見解に対し、亀井氏は以下のように批判している。

> Whitman を形成したものとして Hegel などのドイツ観念論やイギリスのロマ
> ンチック詩人を強調するのはよいとして、それゆえに Whitman は「アメリカに
> 住むヨーロッパ人」（un Européen habitant l'Amérique）だ、彼がアメリカの
> 大衆に理解されずヨーロッパの少数の知性人にだけ理解されるのはそのためだ
> と説くのは、いかにも Whitman をヨーロッパに引き寄せすぎ、Whitman 詩の
> ヴァイタリティ―の源をとらえそこなった意見だと私は思う。みずから典型的
> なコズモポリタンであった Larbaud と違って、Whitman は本質的にはナショナ
> リストだったのだ[40)]。

亀井氏のこうした批判はおおむね当を得たものであろう。「アメリカに住む
ヨーロッパ人」というような形容は、ラルボーの後年のエッセイ「フランスの
パリ」《Paris de France》（1925）においても、「ホイットマン、パリに一度
も来たことのない真のパリジャン[41)]」というような表現で繰り返されるのだが、
確かにこのようなラルボーのホイットマン観は一面的にすぎるきらいがある。

24

　さて他方、ラルボーは「生き続けている要素」として、ホイットマンの人生や人間に対する信頼、社会に対する献身、狭義のエゴイズムから解き放たれた「自我」の高唱などを列挙する。しかしながら、こうした理論的、思想的な要素はいずれは古びるとし、ホイットマンにあって真に永続し得るものは詩の表現そのもの、その「会話調」や「吐露調」（effusion）であると述べている。このようなラルボーの指摘は、先に引いたレオン＝ポール・ファルグとの対談での発言と符合するものであると言える。とはいえ、ラルボーはこれ以上、ホイットマンの「詩の表現そのもの」、その「会話調」や「吐露調」について考察を進めることはしない。彼は以下のように書き記して、残念ながら彼のホイットマン「研究」を閉じてしまうのである。

　　　私たちはウォルト・ホイットマンの詩を定義しようとしてきたのではない。私たちは、詩人と詩が交わる線に沿って考察を進めようとしただけだ。だが私たちは、リズムやスタイルに関する何らの分析も何らの考え方も示していない。私たちは、すばらしい完璧な岩山の基部や脈石となっている巨大な基盤の存在を認めるだけで満足したのだ。登攀は他の人々に試みてもらいたい[42]。

　やや唐突な幕引きの感は否めないが、「結論」に表明されたラルボーのホイットマンに対する理解や評価の仕方は、19世紀末から20世紀初めにかけてのフランスにおける自由詩の生成発展とも関連を有するものであったと考えられる[43]。そして、彼とほぼ同時代のレオン・バザルジェットやジュール・ロマンJules Romains (1885-1972)、ジョルジュ・デュアメルGeorges Duhamel (1884-1966) らが、人生上の指針としてこのアメリカ詩人を崇敬したのとは著しい対照を成しているとも言えよう[44]。

　以上の通り、『草の葉』のテクスト分析に物足りなさは残るものの、ラルボーの本「研究」は翻訳選集の序文としてはまことに重厚なものであり、先行文献を広く渉猟した上で、彼なりの独自のホイットマン理解を提示した力作であったと評価することができるだろう。フランスにおけるホイットマンの受容史においても画期をなすものであったことは間違いない。

Ⅱ　ヴァレリー・ラルボーとウォルト・ホイットマン　*25*

3　ラルボーのホイットマンに関する翻訳

　前節で検討したラルボーの「研究」を序文として巻頭に収めた『ウォルト・ホイットマン選集』には『草の葉』から80編余りの訳詩と3編の散文のフランス語訳が収録されている。翻訳に携わったのはラルボーのほか、この『選集』の企画者だったアンドレ・ジッド、そしてルイ・ファビュレ Louis Fabulet (1862-1933)、ジャン・シュランベルジェ Jean Schulumberger (1877-1968)、フランシス・ヴィエレ＝グリファン Francis Vielé-Griffin (1864-1937)、ジュール・ラフォルグ [45] であった。

　さて、この『選集』に収録されたラルボーの翻訳は、長詩「眠る人びと」"The Sleepers" と散文3編であり、翻訳の時期は、前者が1913年12月、後者が翌年2月とされている [46]。

(1) 訳詩「眠る人びと」«Les Dormeurs»

　それではこれから、ラルボーのこれらの翻訳について検討していくことにしよう。まず、ラルボーの訳詩「眠る人びと」についてであるが、率直に言って、その出来栄えは必ずしも芳しいものとは言えない。まず形式面ですぐ目に付くのは、原詩における数行ごとの連分けが無視されていることである。これは当然原詩の形式に従うべきものと考えられるのだが、不思議なことに、ジッドとファビュレを除いて、この『選集』の他の訳者たちもすべて同様のことを行っているのである。ラルボーらにどのような理由や意図があったのかは不明であるが、適切であったとは言えまい。

　これに加えて形式面で気になるのは、句読記号である。周知の通り、ホイットマン詩は、コンマを介して長短さまざまな語・句が延々と続くのを大きな特徴としている。ところがラルボーは、原詩のコンマをかなり組織的にセミコロンに置き換えているのである。たとえば「眠る人びと」第1節の次の箇所を見てみよう。原詩、邦訳、ラルボー訳の順に引用する。

> The blind sleep, and the deaf and dumb sleep,
> The prisoner sleeps well in the prison, the runaway son sleeps,

26

The murderer that is to be hung next day, how does he sleep? [47]

盲人が眠り、聾唖者が眠り、
囚人が獄舎のなかでぐっすり眠り、家出した息子が眠る、
明日になれば絞首刑となる殺人犯、彼の眠りはどんなやら[48]、

L'aveugle dort, le sourd-muet dort;
Le prisonnier dort bien dans sa prison; et le fils qui s'est enfui de chez ses
    parents dort;
L'assassin qui sera pendu demain, comment dort-il ? [49]

　ラルボーの訳文では、原詩の１行目の最初のコンマはそのままだが、二つ目の行末のコンマがセミコロンに変えられ、２行目のコンマは二つともセミコロンに変えられている。このように、意味的に大まかなまとまりが形成されている場合、原詩の長いコンマの連鎖をセミコロンで区切るというのが訳者ラルボーの基本的な方針のようである。

　しかし場合によっては、コンマをコロンに置き換えることもある。同じく第１節の次の箇所を見てみよう。同様に、原詩、邦訳、ラルボー訳の順に示す。

The married couple sleep calmly in their bed, he with his palm on the hip of
    the wife, and she with her palm on the hip of the husband [50] ,

結婚した二人がベッドで安らかに眠っている、夫は妻の腰に掌を当て、妻は掌を夫の腰に当て[51]、

Les gens mariés dorment tranquilles dans leur lit: lui avec la main sur la
    hanche de sa femme, elle avec la main sur la hanche de son mari [52] ;

　この部分でも、原詩の最後のコンマはセミコロンに変えられているのだが、最初のコンマがコロンに置き換えられているのである。これは、このコンマの後の一節がその前の文の具体的な状況描写になっているとラルボーが解釈したためだと考えられる。

　この種の句読記号の変更は、ラルボーのこの訳詩全体にわたって広く見られ

る。彼には「文学的句読法」«La Ponctuation littéraire» —— 『聖ヒエロ
ニュムスの加護のもとに』所収——というエッセイもあり、また彼の日記
（1934年4月14日付け）には、「単語一つ、読点一つといえども、熟慮なしに
置かれているものはない[53]」と記されていることからしても、彼が句読法に細
心の注意を払っていたことが推測されるのであり、彼が原詩の句読法に従って
いないとすれば、それはきわめて意識的、意図的な改変であると判断できるの
である。

　だが、このようなラルボーの句読記点の改変は果たして適切なものであった
か？確かにそれによって、長いコンマの連鎖が得てして陥りがちな単調さは避
けられるし、また上で見たように、こうした句読点の修正が詩句の論理的脈絡
に関する一定の解釈に基づくものである以上、それによって読者の原詩に関す
る理解が助けられるという利点もあるにはあろう。しかしながら、こうした
「功」よりも、このような改変によってホイットマン詩の際立った特徴やその
魅力が消失してしまう「罪」の方が大きいのではないだろうか。詩の中に取り
込んだ諸要素やそれらを表す語や句や詩行を、矛盾を恐れず、コンマを介して
対等に並列させることこそ、このアメリカ詩人に特有の詩法だったはずであ
り[54]、そしてまた、『草の葉』詩編の野性的なヴァイタリティの源もそこに求
められるはずだからである。ホイットマン固有のこうした句読法に手を加える
ことは、結果として、原詩の有するスピード感や力強さをも大幅に減殺させる
ことにもつながる。

　本章の初めにも記した通り、ホイットマンを「発見」した際に、このアメリ
カ詩人を「野人」と呼び、「どんな詩よりも自由な」彼の詩の形式に魅了され
たラルボーであってみれば、ホイットマンのこうした句読法とそれがもたらす
効果について認識できなかったわけでも、またそれに対して無関心であったわ
けでもないはずだ。やはりここには、節度と中庸を重んじる彼の古典主義的感
性が介在していたと言えるのかもしれない[55]。ただ、ここで指摘した句読法の
改変は、ラルボーのみならず、この『選集』に関わった訳者たちすべてに共通
して見られることではあるのだが。

28

　さて、続いて指摘すべきは、ラルボーの訳詩には誤訳や、不正確な訳が散見されるという事実である。その中で最も理解に苦しむのは、第1節の末尾に近い次の2行である。まず原詩と邦訳を引用する。

　　He whom I call answers me and takes the place of my lover,
　　He rises with me silently from the bed [56].

　　声をかければ誰かが答えてぼくの恋人に取って代わる、
　　彼がぼくといっしょにベッドから声は立てずに起き上がる[57]。

　この2行をラルボーは以下のように訳している。

　　Celle que j'appelle me répond, et prend la place de mon amant;
　　En silence elle se lève avec moi du lit où nous étions étendus [58].

　ここで問題なのは、原詩の各行の冒頭の 'He'──もちろん男性である──が、ラルボー訳では、1行目は «Celle»、2行目は «elle» と、いずれも女性を表す指示代名詞および人称代名詞で訳されていることである。これは明らかに誤訳と言わざるを得ない。原詩のこの一節は、男性同士の同性愛的関係を描写したものと解釈できようが、ラルボーはこれを異性愛の関係に置き換えてしまったのである。先に見た通り、ジッドとともに、ホイットマンにおける同性愛表現を「異性愛の方に引っ張っていこうとするバザルジェット」を批判したラルボーであったが、ここでは彼自身がバザルジェット流の錯誤を犯していることになる。ちなみに、この箇所に関しては、バザルジェットは以下の通り、原詩に忠実に訳している。

　　Celui que j'appelle me répond et prend la place de mon amant,
　　Il sort du lit avec moi en silence [59].

　そして、同様のことは、第7節の中程の以下の詩行にも見出せる。原詩、邦訳、ラルボー訳の順に引用する。

　　The stammerer, the sick, the perfect-form'd, the homely,
　　The criminal that stood in the box, the judge that sat and sentenced him,

Ⅱ　ヴァレリー・ラルボーとウォルト・ホイットマン　*29*

　the fluent lawyers, the jury, the audience,
The laugher and weeper, <u>the dancer</u>, the midnight widow, the red
　　squaw [60] ,

吃る人、病人、完璧なからだの人、<u>不器量な人</u>、
被告席に立つ罪びと、坐して宣告をくだす判事、能弁な弁護士、陪審員、傍聴人、
笑う者と泣く者、<u>踊る人</u>、真夜中の寡婦、赤い肌したインディアンの女[61]、

Le bègue, le malade, la créature saine, <u>la laide</u>,
Le criminel qui a comparu au banc des accusés, le juge qui l'a jugé et qui a
　　prononcé la sentence, les avocats abondants, le jury, le public,
Le rieur et le pleureur, <u>la danseuse</u>, la veuve à minuit, la squaw rouge [62] .

　この箇所でも下線を施した語を見てみると、ホイットマンの原詩（および邦
訳）では性別不明、というか両性にわたる表現が、ラルボー訳では《la laide》
（醜い女性）、《la danseuse》（踊る女性）というように、女性を表す表現に変
えられているのである。ちなみに、バザルジェット訳では、これらの語はそれ
ぞれ《le laid》、《le danseur》と、男性を表す語に適切に訳されている[63]。

　ここまで、『ウォルト・ホイットマン選集』におけるラルボーの翻訳の特徴
について、いくつか具体的な例を引きながら検討してきたが、今度は少し別の
角度から、すなわち当時の彼がどのような翻訳を目指していたかという翻訳論
の見地から、彼の訳業についてさらに考察を加えてみたい。
　本『選集』の刊行された1918年の12月8日付けのラルボーの日記には、次
のような興味深い見解が記されている。

　　立派な素晴らしい翻訳を求めるなら、ウォルト・ホイットマンの本のヴィエ
　レ＝グリファンの翻訳を見よ。もちろんこのような高いレベルを長きにわたっ
　て維持することは不可能だし、散文であれば、単語の選択にそれほどの注意を
　払って訳す必要はない。（中略）僕のやったウォルト・ホイットマンの本の「眠
　る人びと」の翻訳は、かなり平板で精彩を欠いている。（中略）ルイ・ファビュ
　レの翻訳も非常に良い。ジッドのは驚くべきものだ。だが、ヴィエレ＝グリ
　ファンの訳がずば抜けて最高だ[64]。

ラルボーはここで、『選集』における彼の翻訳を他の訳者たちのそれと比較しているわけだが、彼の目指していた翻訳がいかなるものであったかを知るためには、とりわけこの一文において「ずば抜けて最高」と称賛されているヴィエレ＝グリファンの翻訳を参照しておくことが有益であろう。

ヴィエレ＝グリファン訳としては、長詩「まさかりの歌」"Song of the Broad-Axe"、「潮のままに」'Sea-Drift' セクションの「海底の世界」"The World Below the Brine"、「真昼から星ふる夜まで」'From Noon to Starry Night' セクションの「顔」"Faces" と「冬の機関車に」"To a Locomotive in Winter" の計4編が『選集』に収められているが、これらのうち「まさかりの歌」を例に取ってみよう。少し長くなるが、原詩の第8節は以下のような詩行から成る。原詩に続けて、邦訳も示す。

I see the European headsman,
He stands mask'd, clothed in red, with huge legs and strong naked arms,
And leans on a ponderous axe.

(Whom have you slaughter'd lately European headsman?
Whose is that blood upon you so wet and sticky?)

I see the clear sunsets of the martyrs,
I see from the scaffolds the descending ghosts,
Ghosts of dead lords, uncrown'd ladies, impeach'd ministers, rejected kings,
Rivals, traitors, poisoners, disgraced chieftains and the rest.

I see those who in any land have died for the good cause,
The seed is spare, nevertheless the crop shall never run out,
(Mind you O foreign kings, O priests, the crop shall never run out.)

I see the blood wash'd entirely away from the axe,
Both blade and helve are clean,
They spirt no more the blood of European nobles, they clasp no more the
   necks of queens.

Ⅱ　ヴァレリー・ラルボーとウォルト・ホイットマン　*31*

I see the headsman withdraw and become useless,

I see the scaffold untrodden and mouldy, I see no longer any axe upon it,

I see the mighty and friendly emblem of the power of my own race, the
　　newest, largest race [65].

ぼくには見えるヨーロッパの首きり役人が、

面を包み、衣裳は赤、脚が法外に大きく、腕は頑丈でむき出しのまま、

そして重たげな斧に寄りかかっている。

（最近君は誰をしとめたヨーロッパの首きり役人よ、

そんなにねっとり君を濡らしているその血はいったい誰のものだ）

ぼくには見える殉教者たちの澄明な日没が、

ぼくには見える断頭台からおりてくる亡霊たちが、

死んだ貴族、冠を奪い取られた貴婦人、弾劾された大臣、退位させられた国王、

敵対者、裏切者、毒殺者、失脚した頭目、その他ありとあらゆる亡霊たちが。

ぼくには見えるどこの国であれ大義のためにいのちを落とした人びとが、

蒔かれた種子はわずかだが、それでも作物がとぎれることは断じてない、

（聞くがいい、おお異国の王たち聖職者たち、作物がとぎれることなど断じてな
　　いんだ）

ぼくには見える血が斧からすっかり洗い落されるのが、

柄も刃もこれできれいになった、

ヨーロッパ貴族の血を噴き上げることはもはやない、王妃の首を抱き締めるこ
　　とももはやない。

ぼくには見える首きり役人が退場し無用の者となり果てるのが、

ぼくには見える断頭台には人の足がぱったりとだえ、一面かびに覆われて、そ
　　こにはもはや斧らしきものは影も形も見当らぬさまが、

ぼくには見えるぼく自身の種族、最新で最大の種族の力が強くて優しい象徴が [66]。

これに対するヴィエレ＝グリファン訳は以下の通りである。

32

Je vois le bourreau d'Europe;

Il se dresse, masqué, accoutré de rouge, sur des jambes massives, ses forts
  bras musclés sont nus;

Il s'appuie pesamment sur la pesante hache.

Qui viens-tu de massacrer, tantôt, bourreau d'Europe?

De quelle gorge a jailli ce sang sur toi, humide et gluant?

— Je vois les clairs soleils couchants des martyres:

Je vois, aux degrés de l'Echafaud, la descente des Spectres en Théories;

Spectres de Seigneurs qui furent, de hautes Dames sans couronnes, de
  ministres déchus.

De rivaux, de traîtres, d'empoisonneurs, de rois rejetés, de guerriers
  disgraciés.

Je vois ceux qui dans n'importe quel pays sont morts pour la bonne cause;

La semence en est rare et pourtant la moisson ne fera jamais défaut;

Notez-le bien, o rois étrangers, prêtres! la moisson ne fera jamais défaut au
  semoir.

Maintenant je vois la lèvre de la hache, lavée de tout sang : le fer et le
  manche en sont purs;

La morsure de sa lèvre ne fait plus jaillir le sang du noble,

Elle n'étreint plus le cou des reines.

Je vois le bourreau se détourner, inutile;

Je vois les ais de l'échafaud se couvrir d'une moisissure où nul pied, dès
  longtemps, n'a laissé sa trace; je n'y vois plus la hache qui s'appuyait au
  billot...

Voici se lever le formidable et fraternel emblème de la puissance de ma race;
  la plus jeune, la plus grande d'entre les races ! [67]

亀井俊介氏は、このヴィエレ＝グリファンのフランス語訳について、
「Laforgueほど原文忠実主義ではないが、ほぼ彼のと同じことがいえるであろ

う[68]」と評している。しかし、実はラフォルグ訳についてもそうなのだが、この亀井氏の評言には賛同しかねるところがある。コンマなどの句読記号の改変については、先にラルボー訳について見たのと同様のことが指摘できるが、原詩の第2連と第4連に見られる括弧がヴィエレ＝グリファン訳では省略されており、原詩の第4連と第5連が合体してもいる。さらに、13行目は原詩の13行目と14行目の合体である一方で、14行目と15行目は原詩の15行目を二つに分割しているといった具合であり、またこの部分の訳文には、原詩15行目に見られる 'European nobles' の 'European' の部分が脱落している。このように見ただけでも、ヴィエレ＝グリファン訳が「原文忠実主義」などと言えないことは明白だと思われる。

　とはいえ、亀井氏は先の評言に続けて、このフランス語訳について、「かなり難解な原詩の意味をよくつかんで、味のあるフランス語自由詩になっている[69]」とも評している。同氏がここで、「高雅で格調が高い」という意味合いで「味のある」という表現を使ったのなら、同氏のこの評言には賛同できる。この訳詩には、一編の格調高いフランス語詩として通用すべく、さまざまな工夫や配慮がなされているからである。

　たとえば、第3連の2行目では、原詩の 'the descending ghosts'（おりてくる亡霊たち）に対し、«en Théories»（列をなして）という古風で文学的な表現が補われている。同様に、第4連の3行目では、原詩の 'the crop shall never run out'（作物がとぎれることなど断じてない）に «au semoir»（種袋には）が付加されている。さらに、原詩第2連第2行の 'Whose is that blood upon you'（君を濡らしているその血はいったい誰のものだ）を、ヴィエレ＝グリファンは «De quelle gorge a jailli ce sang sur toi»（どの喉から、その血は君の上に噴き出たのか）と、原詩よりも細密な表現で訳している。また、原詩の第5連第3行の冒頭が単に 'They' であるところを、«La morsure de sa lèvre»（斧の口の咬み傷）としたのも同様である。だが、訳者ヴィエレ＝グリファンの筆が最も加わっているのは最終行であろう。ここを、彼は «Voici se lever...»（いよいよ…が立ち現れる）とし、かつ行末に感嘆符を付して、高揚した気分を強調したのである。

34

　以上のように、ヴィエレ゠グリファン訳は細密で凝った表現をちりばめた、一種「職人技的」な翻訳であったと評することができるかもしれない。そして、ラルボーはこのようなヴィエレ゠グリファンの翻訳を、前記の通り、「ずば抜けて最高」と絶賛したのだった。このことは、ラルボー自身もヴィエレ゠グリファン流の翻訳を志向していたことを示唆していよう。彼が彼自身の訳詩に対して、「かなり平板で精彩を欠いている」と不満を漏らしていたのも、彼の「眠る人びと」の訳詩が、ヴィエレ゠グリファン訳ほど表現に彫琢が施されたものでなかったという反省に由来するのであろう。

　とはいえ、ラルボーの翻訳にもヴィエレ゠グリファンと同様の工夫が見られることも事実である。たとえば、原詩「眠る人びと」の第2節は次のような詩句で始まっている。続いて邦訳も引用する。

> I descend my western course, my sinews are flaccid,
> Perfume and youth course through me and I am their wake [70] .
>
> 西へつづくぼくの旅路をぼくはくだる、ぼくの筋肉はすでに脆弱、
> 香気と若さがぼくのなかを通りぬけ、そしてぼくはかれらの航跡[71]。

この箇所をラルボーは以下のように訳している。

> Je suis ma courbe descendante vers l'occident, mes muscles sont détendus,
> Un parfum et la jeunesse me traversent, et je me confonds avec leur sillage [72] .

　原詩の第1行の "I descend my western course" に対するラルボーの «Je suis ma courbe descendante vers l'occident»（ぼくは西に向かって曲がりくねった下りの道をたどる）は、少々訳しすぎであろうが、次行の «je me confonds avec leur sillage»（ぼくはそれらの航跡に溶け込む）はこなれた訳文である。所謂逐語訳を避け、原文の意味内容をフランス語として無理のない、さらには格調高い文章によって表現し直そうという彼の姿勢がここにうかがえるのである。

Ⅱ　ヴァレリー・ラルボーとウォルト・ホイットマン　*35*

　そして、彼のこうした翻訳姿勢が最も顕著に表れているのは、第7節の後半
の以下の箇所であろう。原詩、邦訳、ラルボー訳の順に引用する。

> Peace is always beautiful,
> The myth of heaven indicates peace and night.
>
> The myth of heaven indicates the soul [73] ,
>
> 平和はいつも変わらず美しい、
> 天界の神話には夜と平和が欠かせない。
>
> 天界の神話には魂が欠かせない[74]、
>
> La paix est toujours belle,
> Le sens final des cieux est : paix et nuit.
> Le sens final des cieux est : l'âme [75] ;

　先に述べた通り、ここでもラルボーは、原詩の2行目と3行目にある連分け
を無視しているのだが、それはともかく、2行目を和訳すれば、「天界の究極
の意味、それは平和と夜」と、そして3行目を「天界の究極の意味、それは魂」
と、潤色を施して訳しているのである。

　このようにラルボーの訳文を子細に検討してみれば、彼の翻訳手法もまた、
彼が「ずば抜けて最高」と称賛したヴィエレ＝グリファンのそれとおおむね軌
を一にするものであったことがわかろう。ところで、ラルボーのこのような翻
訳手法を支えていたのは、先にも指摘したが、ジャン＝リシャール・ブロック
への書簡やブロックが主宰していた*L'Effort libre*誌への寄稿論文「翻訳につ
いて」に表明していた、当時の彼の翻訳観あるいは翻訳理念だったと考えられ
る[76]。すなわち彼は、「逐語訳よりも文学的な翻訳」を目指し、訳者の「独自
の解釈」やその個性が訳文の中に明瞭に刻み込まれるような翻訳を志向してい
たのであり、その結果として、「職人技的」な翻訳であったヴィエレ＝グリ
ファン訳に最高の評価を与え、また彼自身の訳文にもヴィエレ＝グリファン流
の潤色を加えることに努めたのではなかろうか。

とはいえ、最終的に問われねばならないのは、こうしたラルボーの翻訳手法がホイットマン詩を対象とするような場合に果たして適切であったか否かであろう。確かに、訳詩が一個の個性ある文学テクストとして通用するものであること自体は望ましいことに違いない。しかしながら、それを求めるあまり、原詩に対して粉飾とまでは言わずとも、潤色が過ぎるのはやはり問題であろう。とりわけホイットマンの場合には、原詩のヴァイタリティや野性味がそれによって損なわれる危険が伴う。このような観点からすれば、『ウォルト・ホイットマン選集』に収められたラルボーの訳詩は、そして彼が「ずば抜けて最高」と称賛したヴィエレ=グリファンの訳詩もまた、少なからぬ問題をはらんでいたと言えよう。

（2）散文の翻訳

それでは次に、同じ『ウォルト・ホイットマン選集』に収められている散文のラルボー訳を補足的に取り上げることにするが、同『選集』に収録されているホイットマンの散文の翻訳はすべてラルボーによるものであり、これらのラルボー訳は、ホイットマンの散文の翻訳としてはフランスで最初のものである。

まず、『自選日記』*Specimen Days*（1882）からの抄訳についてである。例として、「わたしの訪問準備」"My preparations for visits"と題された項目の後半部の原文、邦訳、ラルボー訳を以下に引用する。

> My habit, when practicable, was to prepare for starting out on one of those daily or nightly tours of from a couple to four or five hours, by fortifying myself with previous rest, the bath, clean clothes, a good meal, and as cheerful an appearance as possible [77].

> わたしは、それが実行出来る場合には、2、3時間から、4、5時間にわたり毎日のように慰問に出かける準備として、前もって休息したり、入浴したり、清潔な衣服を着たり、十分な食事をとったりして、出来るだけ快活に見えるよう、己れを強化することを習慣としていた[78]。

> D'habitude, quand cela m'était possible, avant de partir pour une de ces

visites, de jour ou de nuit, et qui duraient de quatre à cinq heures, je me préparais et faisais provision de forces, d'abord en me reposant, puis en prenant un bain; ensuite je mettais des vêtements propres, et prenais un air aussi gai que possible [79].

この箇所では、原文の２行目の 'from a couple to four or five hours'（２、３時間から４、５時間）の 'tours'（慰問）をラルボーが « qui duraient de quatre à cinq heures »（４時間から５時間続いた）と訳したのは、原文の 'from a couple'（２、３時間から）が脱落していて明らかな誤訳である。また、原文の２行目から３行目にかけての 'by fortifying myself' 以下の部分をラルボーは二つに分け──３行目の « faisais provision de forces » 以下──、「まず休息し、次に入浴して力を蓄えた。それから清潔な衣服を着、できる限り快活な風を装った」と、構文も変えて訳しているが、これはそれなりに自然でこなれた訳になっている。ただし、原文の簡潔さはやや損なわれてしまっていると言えよう。

次に、これも抄訳だが、『民主主義の展望』Democratic Vistas（1871）のラルボー訳を検討してみたい。以下に、前半部の一節の原文、邦訳、ラルボー訳を順に掲げる。

The best class we show, is but a mob of fashionably dress'd speculators and vulgarians. True, indeed, behind this fantastic farce, enacted on the visible stage of society, solid things and stupendous labors are to be discover'd, existing crudely and going on in the background, to advance and tell themselves in time [80].

われわれが示す最上の階級は、流行の服装をした山師や成り上がり者の群集にすぎない。実際は、何と、この社会の眼にさらされている舞台の上で開演中の、こういう奇怪な茶番劇の背後で、堅実な事柄と巨大な労働のかずかずが存在しているという事実が発見されてしかるべきなのだ。それらはこの背景に隠れて育ちの悪さまるだしで存在しているが、着々と前進だけは続けており、やがて時いたれば正面におどりでてみずからの正体を現わすようになるのである[81]。

38

　　　　La meilleure classe que nous ayons à montrer n'est qu'un ramassis de
spéculateurs et de malotrus habillés à la mode. Sans doute, derrière cette
fantasmagorie, représentée sur la scène visible de la société, on peut
découvrir des choses solides et de formidables travaux, qui existent à l'état
brut et qui s'accomplissent à l'arrière-plan, destinés à passer au premier plan
et à s'affirmer plus tard [82].

　この箇所の冒頭の下線を付したラルボー訳《La meilleure classe que nous
ayons à montrer》（われわれが示さなければならない最上の階級）は、文脈
を考えてのものであろうが、訳し過ぎと言えば、訳し過ぎである。しかし、そ
れ以降の部分のラルボー訳は非常にこなれた訳文になっており、上に引いた邦
訳よりもむしろ原文に忠実でもある。参考までに、以下にラルボー訳を和訳し
ておこう。

　　　われわれが示さなければならない最上の階級は、流行の服装をした山師や粗
　　野な連中の群れにすぎない。おそらく、こうした社会の目に見える舞台で演じ
　　られている魔術幻灯劇の背後に、確固としたものと途方もない事業が見出され
　　るであろう。それらはまだ磨かれていない状態で存在し、舞台奥でなされてい
　　るのだが、やがて前面に出て、みずからの正体を現すはずなのだ。

　それでは最後に、三番目の「リンカーン大統領の暗殺」《L'assassinat du
Président Lincoln》に簡単に触れておくと、これは、ホイットマンが1879年
に行った演説「アブラハム・リンカーンの死」"Death of Abraham Lincoln"
の一節──劇場でのリンカーン暗殺の場面──を訳したものである。このラル
ボー訳は、二、三の誤訳や語句の省略などは認められるが、全体としてはまず
まず正確にフランス語に移し変えていると評せる。そして、ここでも、読者へ
の配慮か、あまりにも長い段落は数個に区切るというようなことも行われてい
る。

Ⅱ　ヴァレリー・ラルボーとウォルト・ホイットマン　*39*

4　バルナブースとホイットマン

　本節では、詩人・作家としてのラルボーの代表作である『裕福なアマチュア
の詩』とその改作である『A.O. バルナブース全集』にいかなるホイットマン
からの影響が看取できるかを探り、ラルボーにおけるホイットマン受容につい
てさらに考察を深めたい。

　ラルボーの『裕福なアマチュアの詩』は、1908年7月4日、すなわちアメ
リカ合衆国の独立記念日に、パリのアルベール・メサン社から匿名で出版され
た。この作品は、「バルナブース氏の伝記」《Biographie de M. Barnabooth》
——バルナブースの執事カルチュイヴェルスの甥トゥルニエ・ド・ザンブルの
手になるもの——と、バルナブース作の短編小説「哀れなシャツ屋」《Le
Pauvre Chemisier》および52の詩編から成るものであったが、バルナブース
という人物を主人公ないし書き手とするこの作品が、ホイットマンの『草の葉』
と同じく、匿名で、かつ合衆国の独立記念日に刊行されたという事実は示唆的
である。

（1）バルナブースの閲歴

　さて、ここでひとまず「バルナブース氏の伝記」——11の章（Ⅰ～Ⅺ）か
ら成る——を章ごとにたどりながら、バルナブースの人物像を把握しておこう。
　まずⅠでは、彼は「24歳になったばかりの感じのいい青年で、小柄で、いつ
も簡素な身なりをし、かなり細身で、赤茶色がかった髪をし、目は青く、顔は
とても色白で、顎ひげも口ひげも生やしていない。その外見は、一見したとこ
ろ、ほとんど目立つところがない[83]」と紹介される。そしてそれに加えて、
「非常に内気[84]」ともされる。そしてⅡでは、彼の生地は南米の元ペルー領ア
レキパ地方のカンパメント（現チリ領）で、成人に達した後、アメリカ合衆国
の市民権を取得したことが明らかにされる。
　続いて、Ⅲでは彼のルーツについて述べられ、彼の先祖は、17世紀にフィン
ランドからスウェーデンを経由して北米に渡ってきた移民であり、彼の父親は、
この「伝記」の筆者が「『天才』と呼ぶのをためらわない[85]」人物であり、「無

40

一物から出発して、半世紀にわたる途方もない辛苦の末に巨万の財を築き、ただ一人の跡取り、すなわちその息子、われわれの詩人に、最も強大な国々の富にのみ比肩できる財産を遺して死んだ[86]」とされる。IVではさらにバルナブースの父親に関して補足され、1829年生まれのこの人物は、合衆国の農場、メキシコの鉱山、キューバなどで事業に成功を収めては、事件や騒動に巻き込まれて財産を失うことを繰り返した後、1865年にペルーのリマで鉄道会社を創設し、5年を費やして、その事業をペルーの国境やラテンアメリカ大陸を越えて、コーカサスの油田やオーストラリア南部のプラチナ鉱山にまで拡大したという。他方、バルナブースの母親は、彼の父親とは親子ほども年の開きのある、1865年生まれのオーストラリア人の元踊り子で、1881年に二人は結婚した。だが1892年、バルナブースが9歳の時に、彼の父親はピストルの暴発で不慮の死を遂げ、そしてその翌年には、ナイフの切り傷がもとで母親もあえなく急死するに至る。

　続くVでは、こうして10歳にして孤児となったバルナブースの受けた教育について述べられる。まず彼は後見人のドン・ホワン・マルティンによってニューヨークの豪奢な寄宿学校に送られる。入学当初は学力の劣っていたバルナブースだが、2年後にはラテン語の詩で賞を獲得したり、かなり正確にフランス語が書けるようになったという。ところが14歳になる1897年1月、その学校を出奔し、宝石を売り払ってヨーロッパ行きの船に乗り込み、ハンブルクから、「それ以来彼が『独立宣言』と呼んでいる手紙を後見人に送り付け[87]」、幼なじみのステファーヌのいるロシア南部に逃れる。後見人が慌てて駆けつけ、話し合いの結果、成年に達するまで生活費として年間10万ドルを受け取ることを条件に、ステファーヌの父親の大公爵の館に住むこととなった。これは彼にとって「本当の勝利！[88]」であった。そして、彼は「フランス語に磨きをかけ、フランスの最良の作家たちを無上の喜びをもって読み、ドイツ語、イタリア語、現代ギリシャ語を習得した[89]」。彼がギリシャ語を習ったのはコンスタンチノープルで、5歳年上のギリシャ人の娘アナスタジアに出会い、初恋を経験したからであった。そしてVIでは、17歳になると、後見人ドン・ホワン・マルティンが亡くなり、バルナブースは晴れて自由の身となったことが記され、

「伝記」の筆者は、「その財産が17歳の彼に与えた権力は、古代ローマの若き皇帝たちが、この上なく常軌を逸した気まぐれやこの上なく激しい熱情に身をゆだねることのできた権力に匹敵し得る[90]」と指摘する。そしてⅦでは、彼がヨーロッパ各地に邸宅を構え、勉学の目的で二回目の世界旅行を行ったことが記されている。

　以上のようにバルナブースの閲歴が記述された後で、「伝記」は次のⅧで彼の性格について触れ、「彼は破廉恥な男と言うべきだろうか？だが同時にセンチメンタルだともほのめかすべきだろうか？一人の人物の心理の中にどれほどの矛盾があることか！[91]」とし、さまざまなエピソードを紹介する。たとえば、建物の7階から彼の近くに落下して重傷を負い、喘いでいる屋根ふき職人に対して、「馬鹿！私を押しつぶすところだったじゃないか[92]」と怒鳴った一件。シカゴに彼が建てた孤児の少女のための施設を見学に行き、そこの女性の所長に向かって、「生徒たちに会わせてください。ご安心ください。（中略）レープするのは一人だけにしますから[93]」と言って、所長を驚愕させ、その後なぜそのようなことを言ったのかと問われると、「それは天才の奇行だよ[94]」と答えて大笑いしたこと。さらに、彼のもとに金の無心にやって来た俳優が「私は芸術家です」と自己紹介したのに対し、「私はブルジョワです[95]」と言って追い払ったこと等々。そして、「彼の言葉はわかりにくくて、聞き手を戸惑わせ、笑うべきか慎重に沈黙を守るべきかわからない。するとバルナブース氏は叫ぶのだ。『さあ笑いたまえ、これはエスプリなんだよ！[96]』」とも記される。だが、こうした数々の奇矯な言動の反面、「バルナブース氏は頻繁に長く続くメランコリーに見舞われる。彼は何日も深い悲しみにとらえられ、何によっても気を紛らすことができない。こうした不快な気分を、彼は『自己嫌悪』を意味する英語の単語で呼んでいる。こうした発作の終わる頃になると、彼は涙を流し、彼が詩作するのはしばしばそのような時なのだ[97]」という。

　続くⅨは後で取り上げることにして、先にⅩの記述を見てみると、中米の二つの国の間で戦争が勃発した時、どちらに味方するのかと問われると、「そんなことは僕にとっては大事なことじゃない。僕が戦うとしたら、スポーツとしてだよ。まだ人間を射ち殺したことはないんだ[98]」と述べたという。そしてま

た、「僕はほとんどいつも美徳を重んじる。というのも、僕がそれを尊重する
のは、馬鹿者どもの前だけだからね[99]」といった逆説的な言辞も紹介される。

そして最終章のXIにおいて、ここまでバルナブースの奇矯な言動について書
き連ねてきた筆者トゥルニエ・ド・ザンブルは、バルナブースに関してこう結
論付ける。

> この人物は子ども、甘やかされた子どもなのであり、われわれフランス人に
> とって彼がなおさら理解し難いのは、この子どもが地球の果てからやって来た
> からなのだ[100]。

（2）バルナブースの文学観とホイットマン

ここまで「バルナブースの伝記」の記述を追いながら彼の閲歴をたどってき
たが、ここまでの「伝記」の記述を見る限りでは、バルナブースの人物像とホ
イットマンの間にはさしたる共通点は見出せないように思われる。だが、先程
飛ばした「伝記」のIXでは、あるジャーナリストとの対談の中でバルナブース
が披瀝した芸術観や文学観が紹介され、そこにはいくつかの注目すべき発言が
盛り込まれている。たとえば、彼は「中世の社会は英雄的精神に基づいていま
した。でも現代は財産とお金に基づいています[101]」と述べた上で、「お金は詩
の源でもあるのです[102]」とし、「私が最高の詩を書くとしたら、お金で手に入
れることのできるあらゆるもの——楽しみ、家、家具、宝石——のカタログの
ようなものにもなるでしょう。（中略）そうです、絶対的な善を表す資産のカ
タログ詩です[103]」と語るのである。ここで注目すべきは、「カタログ」や「カ
タログ詩」という、いかにもホイットマン的な、ホイットマンの詩法を連想さ
せる語が使用されていることである。「Whitmanが創出した特色ある『新しい
自由な形式』のうち、まず第一に注目すべきは、いわゆる『カタログ手法』[104]」
であるからだ。

そして、「伝記」は続けてこう述べる。

> 彼の詩人としての天職は、13歳の時に、ベアード・テイラーの詩「クエー
> カー教徒の寡婦」を読んだことによってもたらされた。それからほどなくして
> アメリカのウォルト・ホイットマンの詩を読んだところ、大いなる夢想に耽っ

てしまい、学校の食堂に行くのを忘れ、寮の部屋に閉じこもって、その詩を朗
読していたのだった。（中略）その時から彼はほとんどの詩を自由詩で書くよう
になった[105]。

　そしてその直後に、彼が16歳の時に創作した「君の髪」« Tes Cheveux »
と題された詩が以下の通り引用される。

　　　L'odeur de tes cheveux, simplement une odeur
　　　Et non pas un parfum, je m'y plonge ; et je touche,
　　　Des narines, du front, des cils, et de la bouche,
　　　Sur l'oreiller, le tas des mèches en sueur.
　　　O cheveux dénoués de ma femme endormie !
　　　Ma main les écartait de son sein haletant
　　　Comme un voile importun et chaste, et maintenant,
　　　Ils sont ma volupté lasse dans l'accalmie.
　　　O noirs cheveux, plus noirs que le flot infernal,
　　　Que je m'abîme donc en vous, ô noir prodige !
　　　Et que je sente enfin dans un dernier vertige,
　　　Mon âme devenir cette odeur d'animal ! [106]

　「伝記」の筆者はこの詩を「デカダン詩人、ボードレールの影響が表れてい
るように思われる[107]」と評するのだが、脚韻を踏んだ12音節詩句（アレクサ
ンドラン）から成るもので、自由詩ではなく、定型詩に過ぎない。こうしたバ
ルナブースの実作例は、先に引いた「伝記」の記述と矛盾するのではあるが、
『裕福なアマチュアの詩』のいわば本体である詩のセクションや『A.O. バルナ
ブース全集』に収められた詩編については後程あらためて検討してみたい。
　そして「伝記」の作者、トゥルニエ・ド・ザンブルは、バルナブースが敬愛
する同時代のフランス語圏詩人として、ヴィエレ＝グリファン、アンリ・ド・
レニエ、フランシス・ジャム、アンリ・バタイユ、ポール・クローデル、モー
リス・メーテルランクの名を挙げ、フランス語圏以外の詩人として、ドイツの
アルノー・ホルツ、コロンビアのホセ・アスンシオン・シルバ、アメリカの
ジェイムズ・ホイットコム・ライリ、メキシコのサルバドル・ディアス＝ミロ

ン、オーストリアのフーゴー・フォン・ホーフマンスタールらの名を挙げている。これらの詩人たちのうち、ヴィエレ＝グリファン、レニエ、ホルツラは自由詩の書き手であり、バルナブースはホイットマンによって自由詩に開眼し、これらの詩人たちの自由詩にも親しんだということになろうか。

　とはいえ、あるジャーナリストとの対談の際に、「あなたはデカダン派、自由詩派を支持しますか？[108]」という質問に対して、「それは場合によります。しばしば乱痴気騒ぎをしているのは食えない奴らですし、出来損ないのアヘン吸飲者もいます。それから、自分たちが馬鹿だということを見破られないだろうと期待して狂気を装い、幼稚な雑誌に登場する、ああいったブルータスみたいな下らぬ連中もいるのですから[109]」と彼が答えていることは興味深い。というのは、フランスにおける「自由詩」（vers libre）運動の推進者はギュスターヴ・カーン Gustave Kahn (1859-1936) [110] を始めとする19世紀末の象徴派の詩人たち——バルナブースがここで批判的に述べる、所謂「デカダン派」も含まれる——であり、このことから、象徴派と自由詩は、「発展の過程において両者は完全にひとつであり切り離して考えることは出来ない[111]」ともされるからである。だが、ギュスターヴ・カーンが自身の編集する La Vogue 誌の1886年6月28日号に最初の自由詩「幕間劇」« Intermède » を発表した際に、同じ号にはジュール・ラフォルグによるホイットマンの『草の葉』のフランス語訳が掲載されていることからも、フランスにおける自由詩の発生と展開は、フランスにおけるホイットマン受容とも何らかの連関のあったことがうかがえよう。このことに関し亀井俊介氏は、「フランス詩人の "vers libre" はアレクサンダー詩格を破壊し韻も否定したけれども、なおかつある種の『詩的』な枠をもっていたのに対して、Whitman の自由詩はその枠をこえた聖書的な唱句（verset）であり、両者は相異なるものだ、というような指摘も早くからあった[112]」とした上で、「自由詩の『発生』そのものは Whitman に由来しなかったとしても、発生した以後の『展開』については Whitman が側面から援助をした可能性は十分にある[113]」と結論付けている。上に引いたバルナブースの発言が示唆するのは、フランス人ではないバルナブースにとって、自由詩とは、当然ながら、フランスの象徴派や「デカダン派」といった一国の流派の枠を越

え出るものであったということであり、アメリカのホイットマンを始め、国際的なスケールで自由詩というものをとらえていたということであろう。

（3）バルナブースの詩と「カタログ手法」

　バルナブースの手になる詩編のいくつかには、確かにホイットマン的な「カタログ手法」が認められる。以下に、「わがミューズ」《Ma Muse》と題された詩の冒頭部を引用しよう。

> Je chante l'Europe, ses chemins de fer et ses théâtres
> Et ses constellations de cités, et cependant
> J'apporte dans mes vers les dépouilles d'un nouveau monde :
> Des boucliers de peaux peints de couleurs violentes,
> Des filles rouges, des canots de bois parfumés, des perroquets,
> Des flèches empennées de vert, de bleu, de jaune,
> Des colliers d'or vierge, des fruits étranges, des arcs sculptés,
> Et tout ce qui suivait Colomb dans Barcelone [114].

> 僕はヨーロッパを歌う、その鉄道と劇場を、
> そして星座のような都会を、だが
> 僕は詩の中に新世界の遺物を持ち込む。
> 強烈な彩色を施した革の盾、
> 赤い肌の娘たち、香木の小舟、鸚鵡、
> 緑や青や黄色の羽根を付けた矢、
> 純金の首飾り、奇妙な果物、彫刻を施した弓、
> そしてコロンブスとともにバルセロナに入ったもののすべてを。

　いかにもホイットマンの『草の葉』の巻頭に置かれた「『自分自身』をわたしは歌う」の以下の書き出しを髣髴させる詩行である。

> One's-Self I sing, a simple separate person,
> Yet utter the word Democratic, the word En-Masse [115].

> 「自分自身」をわたしは歌う、素朴で自立した人間を、
> それでいて「民衆の仲間」、「大衆のひとり」という言葉も私の口ぐせ[116]。

とはいえ、ホイットマンの無限に増幅していくような圧倒的な「カタログ」に比べると、上記の例は、全体として小粒で慎ましやかな印象は拭えない。

だが、『裕福なアマチュアの詩』の最後に収められた長詩「イェヴローパ」《Ievropa》第2節——この節は、改作『A.O. バルナブース全集』では削除されているのだが——には、先に見た「バルナブースの伝記」中の「私が最高の詩を書くとしたら、お金で手に入れることのできるあらゆるもの——楽しみ、家、家具、宝石——のカタログのようなものにもなるでしょう。(中略) そうです、絶対的な善を表わす資産のカタログ詩です」という発言を裏付けるような「カタログ」が、以下のように30行ほどにわたって展開される。これはなかなかの迫力に満ちている。

O chapeaux de chez Lock ! chemises de Charvet !

Et vous, cravates en nombre incalculable ;

Mais que m'importe alors cette apparence extérieure ?

Tout fiévreux, je ne sais plus si j'ai des taches

De mon dernier repas à mon gilet, ni si ma cravate

Est de travers ou dénouée, et je marque si mal

Que les cochers rient de me voir entrer chez le grand bijoutier.

Oh ! choisir des émaux, des parures de chemises, des bagues,

Des montres plates comme des cartes de visite pliées en deux,

Des trousses en or fileté incrustées de pierres fines,

De minces chaînes de montre en platine, avec des perles,

Des boîtes en or massif, en argent ciselé,

Des cannes en ébène moucheté avec des poignées d'or vert martelé,

Et des douzaines de porte-plumes d'écaille et d'or

Comme celui dont je me sers en ce moment.

Oh ! et puis, commander des choses : des mobiliers

Pour lesquels il faudra, ensuite, faire bâtir des maisons ;

Des éditions de luxe en quantités ; des reliures en cuirs incrustés

A partir de mille francs ; des appareils scientifiques

Dont je ne me servirai jamais, des nécessaires de voyage

Pleins de flacons à bouchons d'or, et d'objets de toilette

En écaille et en ivoire, cent cinquante accessoires divers au moins,

Et des malles merveilleuses et des caisses d'automobile

Avec un service de douze couverts et des plats d'argent ;

Et des automobiles avec des lits et des divans,

Et des commodités toujours nouvelles et surprenantes ;

Des vins précieux vendus dans les boutiques armoriées ;

Des fleurs fraîches, des bonbons, des drogues rares,

Des vaporisateurs, des boîtes à bijoux, des tapis immenses,

Et des jouets d'enfant, dans un dernier délire [117] .

ロックの店の帽子！シャルヴェのシャツ！
そしてお前たち、数えきれないネクタイ、
だが一体こんなうわべの外見など何だというのか？
すっかり興奮してしまって、チョッキに
先程の食事の時の染みが付いていないか、ネクタイが
曲がったりほどけたりしていないかどうか、もうわからない、そしてとても風
　采が上がらないので、
豪華な宝石店に入るのを見て、御者たちに笑われてしまうのだ。
おお！七宝細工、シャツのアクセサリー、指輪、
二つ折りにした名刺のような平たい懐中時計、
金の飾りラインが入り、半貴石を象嵌した用具入れ、
真珠の付いた、プラチナ製の細い時計の鎖、
純金や、彫金した銀の箱、
平打ちした金銀の合金の握りの付いた、まだら模様の黒檀製のステッキ、
そして、今使っているような、
べっ甲や金製のペン軸をたくさん選ぶことにしよう。
おお！それからこんなものも注文しよう、家具、
そのために後で家を建てなければならなくなるだろうが、
大量の豪華本、1,000フラン以上もする
象眼を施した革の装丁本、決して使うことのないような
科学の実験装置、金の栓の付いた小瓶や、
べっ甲や象牙の洗面用具を一杯詰めた
旅行セット、少なくとも150個のさまざまなアクセサリー、
そして素晴らしいトランクと、12組のナイフとフォークのセットや
銀の皿を備えた自動車の車体、

48

そしてベッドやソファー付きの車、
そして常に新しくて、驚くべき調度、
紋章で飾られた店で売られている高価なワイン、
みずみずしい花、キャンディー、珍しい薬、
スプレー、宝石箱、巨大な絨毯、
そして無我夢中になる子どもの玩具。

　この例は、おそらくホイットマンにならった「カタログ手法」とみなしてよいものと考えられるが、«L'Eterna Voluttá»（永遠の快楽）と題された詩では、バルナブース独自のスタイルの「カタログ」が展開される。その書き出しの十数行を以下に引用しよう。

Nulle des choses les plus douces
Ni le parfum des fleurs décomposées,
Ni de la musique en pleine mer,
Ni l'évanouissement bref
De la chute des escarpolettes
(Les yeux fermés, les jambes bien tendues),
Ni une main tiède et caressante dans mes cheveux
M'emplissant le crâne de mille petits démons
Semblables à des pensées musicales ;
Ni la caresse froide des orgues
Dans le dos, à l'église ;
Ni le chocolat même,
Soit en tablettes fondantes,
Fraîches d'abord puis brûlantes,
Grasses comme des moines,
Tendres comme le Nord !
Soit liquide et fumant [118)

この上なく甘美なもののどれ一つとして、
腐った花々の香りも、
沖合で聴く音楽も、
ぶらんこから落ちた時の

（目を閉じ、脚をまっすぐ伸ばして）

束の間の失神も、

僕の髪を愛撫し、

楽想にも似た

無数のちょっとした霊感で僕の頭を満たしてくれる生温かい手も、

教会のオルガンの

背筋に感じる冷たい愛撫も、

チョコレートでさえも、

初めは冷たく、やがて燃えるような熱さになり、

修道僧のように脂肪がたっぷりで、

北国のようにソフトで、

溶けてしまう板チョコでも、

液体の湯気を立てるチョコレートでも

　第一連全体のほぼ三分の一に相当する冒頭部を引用してみたが、この一節では、多くの行の先頭が否定辞の《Ni》で始まり、「…も…も、〜しない」という否定表現になっている。ただし、述部に当たる「〜しない」は、この第一連では提示されず、次の第二連の冒頭部においてようやく、《Ne saurait me distraire / De la volupté éternelle de la douleur ! [119] 》（苦悩の永遠の快楽から／僕を引き離すことはできないだろう！）と示されるので、第一連を読む限りにおいては、《Ni》に先立たれる否定語が「カタログ」的に列挙されている印象を受ける。ホイットマンは総じて自己肯定的であり、そうした彼の人格が『草の葉』にも反映して、彼自身の「自我」と等価なものとして数々の事物が肯定的な連鎖＝カタログを生み出していたと言える。それに対して、「伝記」において、「頻繁に長く続くメランコリーに見舞われる」と記述されたバルナブースの場合は、その「カタログ」も否定語の連鎖になったということであろうか。ともあれ、これがバルナブースの「カタログ詩」の特徴のひとつであることは間違いない。

（4）バルナブースの自由詩

　先に見た通り、バルナブースが「カタログ手法」と並んで、ホイットマンに

注目し感銘を受けたのは、その「自由詩」の形式であった。

　それでは、これからバルナブース詩をいくつか取り上げて、その「自由」な詩形がいかなるものなのか見てみることにしよう。とはいえ、バルナブースの創作した詩がすべて自由詩というわけではないことは先にも指摘した通りである。『裕福なアマチュアの詩』には52編の詩が収められており、『A.O. バルナブース全集』においては38編の詩が収載されているが、この二つの作品のいずれにも収録されている以下の「季節はずれのスヘフェニンゲン」« Scheveningue, morte-saison » などは定型詩である。

> Dans le clair petit bar aux meubles bien cirés,
> Nous avons longuement bu des boissons anglaises;
> C'était intime et chaud sous les rideaux tirés.
> Dehors le vent de mer faisait trembler les chaises.
>
> On eût dit un fumoir de navire ou de train :
> J'avais le cœur serré comme quand on voyage;
> J'étais tout attendri, j'étais doux et lointain;
> J'étais comme un enfant plein d'angoisse et très sage.
>
> Cependant, tout était si calme autour de nous!
> Des gens, près du comptoir, faisaient des confidences.
> Oh, comme on est petit, comme on est à genoux,
> Certains soirs, vous sentant si près, ô flots immenses! [120]

> きれいに蝋引きした家具を備えた明るい小さなバーで、
> 僕たちは長い間英国の飲み物を飲んだ、
> カーテンが引かれて、親密な雰囲気で温かかった。
> 外では海風が椅子を震わせていた。
>
> まるで船か列車の喫煙室のようだった。
> 僕の胸は、旅する時のように、締め付けられていた、
> 僕はすっかり心を動かされ、優しい気持ちになり、ぼんやりしていた、
> 僕は苦悩に満ちた、とてもおとなしい子どものようだった。

とはいえ、僕たちのまわりでは、すべてがあんなにも静かだった！
カウンターのそばにいる人たちは打ち明け話をしていた。
おお、何と自分がちっぽけで、跪いているような気持ちになることか、
おお、果てしない波よ、お前たちを身近に感じる夜などには！

　この詩は12音節詩句（アレクサンドラン）から成り、かつ脚韻も踏んでいる
伝統的な定型詩である。したがって、バルナブースによって作られた詩のすべ
てが自由詩というわけではないのだが、自由詩が全体の過半を占めていること
は事実である。

　たとえば、「自我を贈る」《Le Don de soi-même》の冒頭部を見てみよう。

Je m'offre à chacun comme sa récompense;
Je vous la donne même avant que vous l'ayez méritée.

Il y a quelque chose en moi,
Au fond de moi, au centre de moi,
Quelque chose d'infiniment aride
Comme le sommet des plus hautes montagnes;
Quelque chose de comparable au point mort de la rétine,
Et sans écho,
Et qui pourtant voit et entend;
Un être ayant une vie propre, et qui, cependant
Vit toute ma vie, et écoute, impassible,
Tous les bavardages de ma conscience [121].

僕は各人への褒美として僕自身を贈る、
君たちがこの褒美に値する前にも僕は君たちにそれを贈る。

僕の中、僕の奥、
僕の中心には、何かがある、
限りなく不毛な何かが、
この上なく高い山々の頂のような、
網膜の盲点に似通った何か、
そして反応することもなく、

52

それでいて見たり聞いたりする何か、
固有の生を持ちながら、それでいて、
僕の生のすべてを生き、落ち着き払って、僕の意識の
あらゆるお喋りに耳を傾ける何か。

　この詩において「自我」や「僕」について語るバルナブースの語り口は、や
はり執拗に「僕」について語り続けるホイットマンのそれを想起させるのだが、
詩形について言えば、長短さまざまな詩句[122]が連なり、もちろん脚韻もない。
　次にもう一つ、「名づけえぬもの」《L'Innommable》と題された詩を全文引
用しよう。

> Quand je serai mort, quand je serai de nos chers morts
> (Au moins, me donnerez-vous votre souvenir, passants
> Qui m'avez coudoyé si souvent dans vos rues ?)
> Restera-t-il dans ces poèmes quelques images
> De tant de pays, de tant de regards, et de tous ces visages
> Entrevus brusquement dans la foule mouvante ?
> J'ai marché parmi vous, me garant des voitures
> Comme vous , et m'arrêtant comme vous aux devantures.
> J'ai fait avec mes yeux des compliments aux Dames;
> J'ai marché, joyeux, vers les plaisirs et vers la gloire,
> Croyant dans mon cher cœur que c'était arrivé;
> J'ai marché dans le troupeau avec délices,
> Car nous sommes du troupeau, moi et mes aspirations.
> Et si je suis un peu différent, hélas, de vous tous,
> C'est parce que je vois,
> Ici, au milieu de vous, comme une apparition divine,
> Au-devant de laquelle je m'élance pour en être frôlé,
> Honnie, méconnue, exilée,
> Dix fois mystérieuse,
> La Beauté Invisible [123].

僕が死に、僕が僕たちの愛しい死者のひとりとなる時、
（せめて、君たちの思い出を僕に与えてくれるだろうか、

君たちの街であんなにもしばしばすれ違った道行く人々よ？）

これらの詩の中には、あんなにも多くの国々や、

あんなにも多くの視線や、動き続ける群集の中で突如垣間見た

あれらの顔のいくらかのイメージが残されるのだろうか？

僕は君たちの中を歩いた、君たちと同じように

車を避けながら、そして君たちと同じようにショーウィンドーに足を止めなが
ら。

僕は目でご婦人方に挨拶を送り、

快楽と栄光に向かって、陽気に歩いた、

愛しい心の中では、うまくいったと思いながら、

僕は心ゆくまで羊の群の中を歩いた、

というのも、僕たちは羊の群なのだから、僕も僕の憧れも。

でも残念ながら、僕が君たちみんなといささか違っているとしたら、

それは、ここで、君たちに囲まれていても、

神の姿のようなものが見えるからだ、

僕はそれに触れてもらえるように、それを迎えに身を投げ出すのだ、

辱められ、誤解され、遠ざけられようとも、

十倍も神秘的な

目に見えぬ美が僕には見えるからだ。

　この詩においても、長短さまざまな詩句[124] が連ねられているが、１行目か
ら14行目までの10音節を超える比較的長い詩行の連鎖が次行の６音節の短い
詩句によって中断されている。ここで一種の転調が生じているわけだが、「君
たちすべて」とは違う「僕」の特異性をそれ以後の短い詩行で畳み掛けるよう
に示すのである。こうした「転調」も非常に効果的である。

　最後に、『A.O. バルナブース全集』の「日記」«Journal intime» に挿入さ
れている詩編ではあるが、「希望」«Espoir» と題された詩を参考までに見てお
こう。

　　Le grand désert aux cent mille plis et l'énorme

　　Araignée noire d'un palmier dans les étoiles

　　Et ces talus raclés où dort sur la poussière

　　La pâle pieuvre végétale

54

Et ces jardins sous l'air bleuissant où la barque
Du vent s'échoue au cœur des massifs gémissants
Et où gloussent
D'extase perpétuelle
Les eaux glissantes et retombantes tandis
Qu'au delà des pelouses chante
Une gare grand nid de compounds fumantes
Et ces forêts tardives des montagnes autour d'un lac
Et leur silence où le merle fait tomber son cri pesant
Pulsation du bonheur et de l'été mûrissant
Et les dernières défaites du soleil en automne
Quand les derniers rayons résistent
Adossés aux troncs des arbres et que les autres
Déjà meurent longuement dans le gazon obscur
Eh bien le doux Espoir est plus doux que cela
Lui qui m'entoure d'une chaude confiance
Je ne dormirai pas de la nuit et mes yeux
Verront encor la tache de l'aube grandir et la flaque
De l'aurore emplir lentement ciel et mer [125].

おびただしい襞を持つ大砂漠と星々の間の
棕櫚の木の巨大な黒い蜘蛛
そしてこれらの削られた斜面　その埃の上に
蒼ざめた植物の蛸が眠る
そして青みがかった大気に覆われたこれらの庭　風の
小舟が呻きを上げる茂みの中で座礁し
そして滑らかに流れ落ちる水は
永遠の恍惚の
声を漏らす
また芝生の彼方では駅
蒸気を吐く複式蒸気機関車の巨大な巣が歌う
そして湖を取り巻く山々の樹木の生育の遅いこれらの森
そしてそのしじまにツグミの鳴き声が重く落ちる
幸せと熟れゆく夏の鼓動

そして秋の陽の最後の敗北
　　　最後の光が木々の幹を背に
　　　あがき　また他の光は
　　　暗い芝生でもうとうに死んでいる
　　　だが甘美な希望はそれらよりも甘美だ
　　　熱い信頼で僕を包んでくれるのだ
　　　僕は夜も眠らず　僕の目は
　　　夜明けの光がまだらに広がり　暁が
　　　水溜りのようにおもむろに空と海を満たすのをまた見ることだろう。

　この詩の詩行の過半は伝統的な12音節詩句（アレクサンドラン）であるが、各詩行の音節数は統一されておらず[126]、脚韻も踏んでいない。また、第1行から次行、第5行から次行、第9行から次行、第21行から次行、第22行から次行にかけて、頻繁に句またぎ（enjambement）を繰り返している。そして、何よりも特筆すべきなのは、最終行の末尾を除いて、すべての句読点が省かれていることであろう。この点では、ラルボーと同時代の詩人、ギヨーム・アポリネールGuillaume Apollinaire（1880-1918）の詩集『アルコール』 *Alcools*（1913）などがすぐに想起されるが、アポリネールのこの詩集には、「ミラボー橋」«Le Pont Mirabeau» のような定型詩も含まれている。上記のような詩に至って、バルナブースは、ホイットマンは言うに及ばず、アポリネールにも匹敵する、さらにはそれをも凌駕する「自由」な詩形に到達したと評するべきだろうか。

　前述の通り、ラルボーは『ウォルト・ホイットマン選集』の序文などにおいて、ホイットマンの『草の葉』の「会話調」や「流露調」などの表現法を高く評価したものの、その詩の表現そのものについては立ち入った考察や分析を差し控えていた。そして、上記『選集』に収められたラルボーの翻訳においても、ホイットマンの特徴的な表現法が必ずしも十分に反映されているとは言えなかった。だがラルボーは、彼自身が創造した詩人バルナブースの手を借りて、ホイットマン的詩法や表現法を実践してみせたと言えようか。

【注】

1) Valery Larbaud, *Mon itinéraire*, Paris, Editions des Cendres, 1986, p. 28.

2) この早世した外交官詩人は、ラルボーとファルグが青年期に敬愛した人物であり、二人はこの詩人の死後、『詩集』*Poèmes*を編纂し、1921年に La Maison des Amis des Livres 社から出版する。

3) «Conversation de Léon-Paul Fargue et Valery Larbaud sur Henry J.-M. Levet», *Œuvres complètes de Valery Larbaud*, tome 7, Paris, Gallimard, 1953, p. 385.

4) *Ibid.*, p.381.

5) G. Jean-Aubry, *Valery Larbaud : sa vie et son œuvre*, *op. cit.*, p. 56.

6) Béatrice Mousli, *Valery Larbaud*, Paris, Flammarion, 1989, p. 69.

7) Valery Larbaud, *Œuvres complètes de Valery Larbaud*, tome 3, Paris, Gallimard, 1951, p. 455.

8) G. Jean-Aubry, *Valery Larbaud : sa vie et son œuvre*, *op. cit.*, p.97.

9) «Conversation de Léon-Paul Fargue et Valery Larbaud sur Henry J.-M. Levet», *op. cit.*, p. 385.

10) *Ibid.*, pp. 385-386.

11) *Ibid.*, p. 386.

12) 亀井俊介『近代文学におけるホイットマンの運命』、研究社、1973年、229頁参照。

13) Valery Larbaud, « Walt Whitman, *Foglie di erba* », *La Phalange*, nᵒ 28, 15 octobre 1908, p. 378.

14) *Ibid.*, p. 379.

15) 亀井俊介、前掲書、229頁参照。

16) Valery Larbaud, « Walt Whitman en français », *La Phalange*, nᵒ 34, 20 avril 1909, p. 952.

17) ラルボーが言及している論考は、同誌1907年8月1日号に掲載されたElsie Massonによるものである。

18) Valery Larbaud, « Walt Whitman en français », *op. cit.*, p. 955.

19) *Ibid.*, p .953.

20) *Ibid.*, p. 954.

21) *Id.*

22) *Id.*

23) *Id.*

24) ここで想起されるのは、『ウォルト・ホイットマン選集』の編者アンドレ・ジッドの『コリドン』*Corydon*（1911）の冒頭部である。この同性愛擁護の書は、バザルジェットによるホイットマンの伝記および翻訳をめぐるコリドン（＝同性愛者）と「私」（＝同性愛に批判的な人物）とのやり取りで始まるのである。この箇所でコリ

ドンは、「バザルジェット氏は、"love" とか "sweet" という言葉が『男の友』に向けられるや否や、«affection» とか «pur» などと訳しているが、これはとんでもないことだ」(André Gide, *Œuvres complètes d'André Gide*, tome IX, Paris, N.R.F., 1935, p. 188.) と、バザルジェットを批判し、「僕はホイットマン論を準備している。バザルジェットの議論に対する反駁なんだ」(*Id.*) と述べる。そして、この箇所に付された著者の原注には、「ホイットマンを異性愛の方に引っ張っていこうとするバザルジェットの欲望は非常に強い」(*Ibid.*, p. 189.) と記され、「文学上の改竄がおびただしく、また重大で、ホイットマンの詩を奇妙に歪めている」(*Id.*) とバザルジェット訳が酷評されているのである。なお、ジッドとホイットマンとの関係については、橋本由紀子氏が「アンドレ・ジッドとホイットマン」(『ホイットマン研究論叢』第26号、2010年、51-62頁。)において詳しく論じておられる。

25) この「研究」は、ラルボーの『この罰せられざる悪徳、読書：英語の領域』の第2版（1936年刊）以降、「ウォルト・ホイットマン（1819-1892）」«Walt Whitman (1819-1892)» のタイトルで同書に収載されている。

26) 亀井俊介、前掲書、237頁。

27) このラルボーの「研究」の末尾には、「1914年5月」の日付が付されている。

28) Walt Whitman, *Œuvres choisies*, Paris, Editions de la Nouvelle Revue Française, 1918, p. 15.

29) *Ibid.*, p. 16.

30) *Ibid.*, p. 17.

31) *Ibid.*, pp. 18.

32) *Ibid.*, p. 31.

33) *Ibid.*, p. 34.

34) *Ibid.*, p. 42.

35) 吉崎邦子、溝口健二編著『ホイットマンと19世紀アメリカ』、開文社出版、2005年、37頁。

36) 田中礼『ウォルト・ホイットマンの世界』、南雲堂、2005年、4頁。

37) 亀井俊介、前掲書、24頁参照。

38) Walt Whitman, *Œuvres choisies, op. cit.*, p. 49.

39) *Id.* ところで、ラルボーは文学を選ばれた少数のエリートの営為とみなしていた。彼は、前記のエッセイ「この罰せられざる悪徳、読書」において、「理想的でほとんど完璧な読書人の肖像を描こうと試み」(Valery Larbaud, *Œuvres complètes de Valery Larbaud*, tome 3, *op., cit*, p. 41.) ているが、このような読書人について、「不可解な謎に包まれた哀れなエリート、世俗的な権力はなく、数からいっても取るに足りず、しかも各言語圏ごとにごく小さなグループに分断されているエリート。とはいえ、このエリートは世紀から世紀へと存在し続けており、その判断は、最終的

には常に大衆に認められてきたのである。というのも、国境の存在にもかかわらず、エリートは同一にして不可分なものであり、彼らにとって文学や絵画や音楽の美は、一般の人々にとってのユークリッド幾何学と同じく、真なるものであるからだ」（*Ibid.*, p. 36.）と述べている。

40）亀井俊介、前掲書、237頁。

41）Valery Larbaud, *Œuvres, op. cit.*, p. 794.

42）Walt Whitman, *Œuvres choisies, op. cit.*, pp. 52-53.

43）亀井俊介、前掲書、221-224頁参照。

44）同書、229-231頁参照。

45）ラフォルグはすでに故人であったが、フランスにおけるホイットマン初訳者の一人ということで、ラルボーの発案により、特別にその訳詩3編が収録されたのであった。

46）Valery larbaud, *Œuvres complètes de Valery Larbaud*, tome 3, *op. cit.*, p. 457. ただし、ジャン＝オーブリによれば、「眠る人びと」の一部——「インディアン女」 «La Squaw rouge» というタイトルが付けられていたということからすると、第6節であろうか——は、アポリネールの主宰していた雑誌『イソップの饗宴』*Festin d'Esope* に発表すべく、1904年9月頃に翻訳されていたが、同誌の廃刊によって掲載されないまま終った。(G. Jean-Aubry, *Valery Larbaud : sa vie et son œuvre, op. cit.*, p. 97.)

47）Walt Whitman, *The Complete Poetry and Prose of Walt Whitman*, New York, Garden City Books, 1954, p. 372.

48）ウォルト・ホイットマン『草の葉（下）』（酒本雅之訳）、岩波文庫、1998年、128頁。

49）Walt Whitman, *Œuvres choisies, op. cit.*, p. 283.

50）Walt Whitman, *The Complete Poetry and Prose of Walt Whitman, op. cit.*, p. 372.

51）ウォルト・ホイットマン『草の葉（下）』、前掲、128頁。

52）Walt Whitman, *Œuvres choisies, op. cit.*, p. 282.

53）Valery Larbaud, *Journal*, Paris, Gallimard, 2009, p. 1147.

54）亀井俊介、前掲書、82-84頁参照。

55）ラルボーがジョイスの『ユリシーズ』から「内的独白」の手法を受容した際にも同様の傾向が見られる。この点に関しては、拙著『1920年代パリの文学——「中心」と「周縁」のダイナミズム』、多賀出版、2001年、108－112頁を参照されたい。

56）Walt Whitman, *The Complete Poetry and Prose of Walt Whitman, op. cit.*, p. 374. 下線は引用者による。

57）ウォルト・ホイットマン『草の葉（下）』、前掲、132頁。

58）Walt Whitman, *Œuvres choisies, op. cit.*, p. 285. 下線は引用者による。

II　ヴァレリー・ラルボーとウォルト・ホイットマン　　*59*

59）Walt Whitman, *Feuilles d'herbe*, tome 2, traduction intégrale d'après l'édition définitive par Léon Bazalgette, Paris, Mercure de France, 1909, p. 181.　下線は引用者による。

60）Walt Whitman, *The Complete Poetry and Prose of Walt Whitman, op. cit.*, pp. 377-378.　下線は引用者による。

61）ウォルト・ホイットマン『草の葉（下）』、前掲、140－141頁。下線は引用者による。

62）Walt Whitman, *Œuvres choisies, op. cit.*, p. 291. 下線は引用者による。

63）Walt Whitman, *Feuilles d'herbe*, tome 2, *op. cit.*, p. 186.

64）Valery Larbaud, *Journal, op. cit.*, pp. 461-462.

65）Walt Whitman, *The Complete Poetry and Prose of Walt Whitman, op. cit.*, p. 193.

66）ウォルト・ホイットマン『草の葉（中）』、岩波文庫、1998年、59－60頁。

67）Walt Whitman, *Œuvres choisies, op. cit.*, pp. 185-186.

68）亀井俊介、前掲書、218頁。

69）同前。

70）Walt Whitman, *The Complete Poetry and Prose of Walt Whitman, op. cit.*, p. 374.

71）ウォルト・ホイットマン『草の葉（下）』、前掲、133頁。

72）Walt Whitman, *Œuvres choisies, op. cit.*, p. 285.

73）Walt Whitman, *The Complete Poetry and Prose of Walt Whitman, op. cit.*, p. 378.

74）ウォルト・ホイットマン『草の葉（下）』、前掲、141頁。

75）Walt Whitman, *Œuvres choisies, op. cit.*, p. 291.

76）本書のⅠ・2・（1）を参照されたい。

77）Walt Whitman, *The Complete Poetry and Prose of Walt Whitman, op. cit.*, p. 34.

78）ウォルト・ホイットマン『ホイットマン自選日記（上）』（杉木喬訳）、岩波文庫、1967年、81頁。

79）Walt Whitman, *Œuvres choisies, op. cit.*, pp. 333-334.

80）Walt Whitman, *The Complete Poetry and Prose of Walt Whitman, op. cit.*, p. 214.

81）鵜木奎治郎訳による。『アメリカ古典文庫5──ウォルト・ホイットマン』（亀井俊介他訳）、研究社出版、1976年、181頁。

82）Walt Whitman, *Œuvres choisies, op. cit.*, p. 358.　下線は引用者による。

83）Valery Larbaud, *Œuvres, op.cit.*, p. 1135.

84）*Id.*

85）*Ibid.*, p. 1137.

86）*Id.*

87）*Ibid.*, p. 1141.

88）*Id.*

89) *Id.*

90) *Ibid.*, p. 1141-1142.

91) *Ibid.*, p. 1144.

92) *Ibid.*, p. 1145.

93) *Id.*

94) *Id.*

95) *Id.*

96) *Id.*

97) *Ibid.*, p. 1146.

98) *Ibid.*, p. 1151.

99) *Ibid.*, p. 1152.

100) *Ibid.*, p. 1154.

101) *Ibid.*, p. 1149.

102) *Id.*

103) *Ibid.*, p. 1150.

104) 亀井俊介、前掲書、79頁

105) Valery Larbaud, *Œuvres, op. cit.*, p. 1150.

106) *Ibid.*, pp. 1150-1151.

107) *Ibid.*, p. 1151.

108) *Ibid.*, p. 1147.

109) *Id.*

110) ギュスターヴ・カーンは、『初期詩編』 *Premiers poèmes* (1897) の序文等におい
て、自由詩の理論を展開した。

111) 三好郁朗「象徴詩派と自由詩運動についての覚書」、『京都産業大学紀要　第一輯
FL系列、外国語と文化』第1号、1969年、83頁。

112) 亀井俊介、前掲書、223頁。

113) 同前、224頁。

114) Valery Larbaud, *Œuvres, op. cit.*, p. 60.

115) Walt Whitman, *The Complete Poetry and Prose of Walt Whitman, op. cit.*, p. 41

116) ウォルト・ホイットマン『草の葉 (上)』（酒本雅之訳）、岩波文庫、1998年、47
頁。

117) Valery Larbaud, *Œuvres, op. cit.*, p. 1170.

118) *Ibid.*, pp. 48-49. 下線は引用者による。

119) *Ibid.*, p. 50.

120) *Ibid.*, p. 58.

121) *Ibid.*, p. 61.

122) 各詩句の音節数は、11 − 15 − 8 − 9 − 10 − 11 − 15 − 4 − 8 − 14 − 12 − 10 となっており、半数近くの詩句が、伝統的な詩形では見られない奇数音節となっている。

123) Valery Larbaud, *Œuvres, op. cit.*, p. 67.

124) 各詩句の音節数は、13 − 14 − 12 − 13 − 15 − 12 − 12 − 14 − 12 − 13 − 12 − 11 − 14 − 14 − 6 − 15 − 17 − 8 − 5 − 6 となっている。

125) Valery Larbaud, *Œuvres, op. cit.*, pp. 221-222.

126) 各詩句の音節数は、12 − 12 − 12 − 8 − 12 − 12 − 3 − 6 − 12 − 8 − 11 − 15 − 15 − 13 − 14 − 8 − 12 − 12 − 12 − 12 − 15 − 12 となっている。

# Ⅲ　ヴァレリー・ラルボーとサミュエル・バトラー

　ヴァレリー・ラルボーがホイットマンに続いて関心を寄せ、まとまった仕事を行ったのは、イギリス人作家のサミュエル・バトラーであった。本章では、ラルボーがバトラーに関して行った批評や翻訳の仕事について検討する。

1　ラルボーのバトラー発見

　ラルボーがバトラーの存在を知るのは1912年2月、友人であったイギリスの作家アーノルド・ベネット[1]を介してのことであった。ラルボーの伝記を著したジャン゠オーブリによれば、この時二人は南仏のカンヌに逗留していたのだが、ベネットが滞在していたホテルを訪ねてきたラルボーに、ベネットが同国人作家のバトラーについて語ったのだという[2]。そしてベネットの勧めに従って、ラルボーはロンドンからバトラーの小説『万人の道』*The Way of All Flesh* (1903) を取寄せ、最初の2章ほどを読んだのだが、「後に翻訳するなど、大いに傾倒することになるこの書物は大きな印象を彼にもたらさなかった[3]」という。だが、同じくジャン゠オーブリの伝記によれば、1915年5月末にバトラーの小説『エレホン』*Erewhon* (1872) を読んだことが、「その後6〜7年にわたってますます明確なものとなり、高まり続けることになる、この作家に対する関心の始まりや、その作品の翻訳の始まりともなった[4]」のである。事実、ラルボーは早速この作品の翻訳に取り掛かり、同年末には翻訳を終えている[5]。さらに翌年の1916年から1919年まで、ラルボーはアリカンテを

中心にスペインに長期滞在することになるが、この期間に『エレホン再訪記』
Erewhon Revisited (1901)、『万人の道』、『ノート・ブックス』、『進化論、新
と旧』*Evolution, Old and New* (1879) など、バトラーの主要な著作を矢継ぎ
早に翻訳しているのである。当時のラルボーの日記（1917年3月3日付け）
の以下の記述によると、「矢継ぎ早」というよりも、バトラーの複数の著作の
翻訳作業を併行して進めていたことがうかがえる。

> 『万人』の284頁まで来た。したがって、残りは136頁だ。即座に『ノート・
> ブックス』の翻訳に取り掛かった。ちょうど、昨年『エレホン再訪記』を訳し
> 終わったその夜に、『万人』を訳し始めたのと同じように[6]。

1910年代後半のラルボーはまさに「バトラー熱」に取り付かれていたとさ
え言えるほどである。なぜラルボーはこれほどまでにバトラーに夢中になって
いたのか。同じく彼の日記には次のような記述が認められる（1917年6月11
日付け）。

> 本当に僕はS.B.に夢中になっている。1915年までは漠然としか知らなかったこ
> の男が、今や「似通った精神の持ち主」、ほとんどそのように思えるのだ。そう
> だ、彼は以下の点において僕と同じような考えなのだ。
> a) 親子関係
> b) 金と金持ち
> c) 「一つにして不可分の」ヨーロッパ
> d) ローマと教会[7]

こうしたバトラーへの共感は、以下に見るラルボーのバトラーに関する批評
等にも反映していることが十分に予想される。

2　ラルボーのバトラーに関する批評

さて、ラルボーのバトラーに関する主な批評や論考等を発表順に並べると、
以下の5点となる。

① 「サミュエル・バトラー」《 Samuel Butler 》（*La Nouvelle Revue Française*

誌1920年１月号に掲載、ラルボーによるフランス語訳『エレホン』に序文として再録。）

② 「サミュエル・バトラーの少年期と青年期（1835-1864年）」«L'Enfance et la Jeunesse de Samuel Butler, 1835-1864» （*Les Ecrits nouveaux* 誌1920年４月号に掲載。）

③ 「サミュエル・バトラー」«Samuel Butler» （1920年11月３日にアドリエンヌ・モニエ Adrienne Monnier [8] の書店で行った講演の原稿で、同年の同書店発行の *Les Cahiers des Amis des Livres* 誌第６号に掲載。）

④ 「サミュエル・バトラー（1835-1902）」«Samuel Butler (1835-1902)» （*La Revue de Paris* 誌1923年８月15日号に掲載。）

⑤ 「サミュエル・バトラー」«Samuel Butler» （*La Revue de France* 誌1923年10月１日号に掲載、『この罰せられざる悪徳、読書：英語の領域』第２版〔1936年刊〕に「『エレホン』の作者サミュエル・バトラー（1835-1902）の作品の序文」«Introduction à l'œuvre de Samuel Butler, auteur d'*Erewhon* (1835-1902)» と題して再録。）

　これらはいずれも1920年代前半に相次いで発表されていることもあり、内容の上でも重複している部分が少なくない。したがって、発表順にまずは①の論考について検討し、次いで②から⑤へと順次補足的に取り上げることにしたい。

（１）最初の論考

　上記の①は、*N.R.F.* 誌1920年新年号の巻頭を飾った32ページの重厚な評論である。初めにラルボーは、バトラーの死後に『万人の道』や『ノート・ブックス』などが出版されたことなどによって、この作家の声価は急速に高まってきたとし、ヴィクトリア朝時代という「過ぎ去った時代の最もヴィクトリア朝的でない、あるいは最も反ヴィクトリア朝的な彼がこの時代の後まで生きながらえ、新たなエリートが彼を先駆者として高く評価しているのはもっともなことである[9]」と述べる。

　続いてラルボーは、前年にバトラーの親友であったヘンリ・フェスティング・ジョーンズ Henry Festing Jones (1851-1928) によるバトラーの大部な伝

記[10] が刊行されたのを受け、その内容を概括的に紹介しながら適宜コメントを付していく。まず彼の少年期に関して、父親がイギリス国教会の牧師をしていた「この裕福なブルジョワの家庭においては、何も欠けるものはなかったが、精神的には、この高貴な生まれの子どもにとっては肝心なもの、すなわち家族の愛情が欠けていた。いつの日か自分たちとは違う願望や意志を持つことになるのではないかと恐れて、若いうちにひたすら『息子の意志を打ち砕く』ことに専念する厳格な教育者をしか、彼は両親の中に見出せなかった[11]」と述べる。ここで想起されるのは、先に指摘した通り、ラルボーが日記の中に、彼とバトラーが「似通った精神の持ち主」であることの根拠として、第一に両者の「親子関係」の共通性を挙げていた事実である。実は、バトラー家に見られた緊張した親子関係はラルボーの場合にも当てはまるのである。ここで少し、ラルボーの親子関係、とりわけ母子関係について触れておきたい。

　ラルボーの父親はヴィシーおよびその近郊の鉱泉を開発、経営した実業家であったが、ラルボーがまだわずか8歳でしかなかった1889年に、その死因は不明だが、67歳で他界する[12]。当時彼の母親は56歳であったが、その後彼女は夫の事業を見事に引き継ぎ、莫大な財を築き上げるに至る。ラルボーは彼女の一人息子であっただけに、事業の後継者として多大な期待をかけられ、幼い頃から口やかましく指図を受けて育てられたであろうことは十分に想像が付く[13]。母親のラルボーに対する干渉は、彼が長じてからも依然として続き、むしろ彼が成年に達する頃に、両者の関係は最も険悪な状態に陥る。これは、ラルボーの父親の遺産に絡んでのことで、家業にまったく関心を示すことなく、文学などに現を抜かす「放蕩息子」に対し、母親が遺産の自由行使を認めようとしなかったことに起因するのである。このように見ると、バトラーとラルボーの間には、親子関係をめぐって深い類縁性が存在することは確かであろう。先に引いたバトラーの少年期についてのラルボーの記述には、自身の経験を踏まえての心からの同情が込められていると言えよう。

　だが、「このような物悲しい幼年期にも幸せな時があった[14]」として、1843年の秋から翌年にかけて――バトラー7〜8歳――、バトラー一家でイタリアのローマおよびナポリに滞在したことをラルボーは記している。こうしたバト

ラーのイタリア旅行は1853年から54年にかけての冬、そして57年の夏にも繰り返される。

　次いでラルボーは、バトラーの学校時代について触れ、シュルーズベリー・スクールに在学中（1848～54年）には絵画や音楽に興味を持ち始めたこと、ケンブリッジのセント・ジョンズ・カレッジ在学中（1854～58年）にサッカリーやテニソンなどを読んで、文学にも関心を持ち始めるとともに、神学の研究を始めたことなどについて述べる。そしてバトラーは、セント・ジョンズ・カレッジを卒業してからロンドンに行き、ある牧師の助手として貧しい家庭の子どもたちの教育を受け持つことになるが、この時期の出来事についてラルボーはこう述べる。

　　彼のために用意されていた将来の計画をすべてひっくり返す出来事が起こったのはその頃のことだった。彼の若い生徒たちのいく人かが洗礼を受けていないことを彼は知ったのだが、驚いたことに（中略）、これらの子どもたちが、洗礼によって生まれ変わった者たちと、意地悪さや不品行の点で何ら変わるところのないことに気づいたのである。彼の心に懐疑が生じた。そしてしばらくしてから、彼は按手礼を受けるのを拒否すると告げたのだった[15]。

　息子からこのような意志を知らされたバトラーの父親は、「反抗的な息子を『正道に戻すために』あらん限りの手段を講じた[16]」が、功を奏さず、結局バトラーは、父親から資金援助を受けて、それを元手に牧羊業に従事すべく、ニュージーランドに出立することになる。1859年9月末、バトラー23歳の時である。バトラーは、ニュージーランドの南島のカンタベリー地方に赴いて牧羊に励むとともに、「バトラー同様、ケンブリッジやオックスフォード出身の『ジェントルマンやジェントルマンの子息たち』[17]」とつながりができ、クライストチャーチで発行されていた*The Press*紙の編集に関わることにもなった。だがやがて、「物質的な自立を保証する、ほどほどのゆとりを手に入れた[18]」バトラーには、「ニュージーランドではもはやなすべきことがなくなり[19]」、かくしてバトラーは1864年6月、4年余りのニュージーランド生活に終止符を打って帰国の途に就くのである。

　しかしここで、ラルボーの記述は再びニュージーランド滞在時のバトラーに

戻り、イギリス帰国後の彼の活動にもつながる二つの事柄について述べる。一つは、「彼が行った福音書の綿密な研究によって、キリストの復活について合理的に解釈できる理論を構築するに至った[20]」ことである。（この彼の理論は、帰国後発行されるパンフレット『四福音書におけるイエス・キリストの復活の証拠の批判的検証』 *The Evidence for the Resurrection of Jesus Christ as given by the Four Evangelist critically examined* (1865) に展開される。）そしてその第二は、チャールズ・ダーウィン Charles Darwin (1809-82) の『種の起源』 *On the Origin of Species* (1859) を読み、上記の *The Press* 紙に、「ダーウィンの理論が紹介され擁護されている『種の起源のダーウィン。対話[21]』や、（中略）筆者も気付かぬままに、ラマルク的見地からのチャールズ・ダーウィンの機械論的理論の批判でもある『機械の中のダーウィン[22]』[23]」を発表したことである。

　さて、続いてラルボーの記述はイギリス帰国後のバトラーに移り、帰国後もほぼ毎年イタリアを訪れたこと、1865年から69年にかけては絵の制作に打ち込んだことなどを紹介している。また、相変わらず険悪な状態が続いていた彼と家族との関係については、こう述べている。

　　　『エレホン』の出版も彼らの不和を修復させはしなかった。聖職者の父は、
　　「音楽銀行」のような章を含む書物をほとんど是認することができなかった。し
　　たがって翌年（1873年）、マントンの臨終の母のもとに呼ばれ、すべてが終わっ
　　た後、彼の父が彼に向って、彼の母親の死の主な原因が『エレホン』であると
　　言うのを聞いた時も、彼はさほど驚かなかったのである[24]。

　そして母の亡くなった同じ年に、バトラーはニュージーランドで着手していたキリストの復活に関する研究を進展させて、『良港』 *The Fair Haven* を刊行する。この著作は発表当時ほとんど一般に注目されることがなかったが、ラルボーは、「全編にわたって、皮肉な調子、フロベールのような真に滑稽な力が見られる[25]」と評価している。

　他方、同様にニュージーランドで開始されていたダーウィンや進化論に関する研究に関しては、これも帰国後に深化させて、まず『生命と習慣』 *Life and Habit* (1878) にまとめ上げたとし、ラルボーは本書について以下のように評

している。

　　その理論については議論の余地があり得よう。だが想像力が科学的な厳密さ
　を損ねているとしても、それは、不完全な磔刑論においてあまりに大きな役割
　を果たしている想像力とは別種の想像力である。『生命と習慣』を支配している
　想像力は、ルクレティウスの詩に生気を与えている想像力と同質のものなので
　ある[26]。

　古代ローマの哲学詩人ルクレティウスを引き合いに出すなど、いかにもラル
ボーらしい評言である。進化論に関連しては、ラルボーはさらに、「Ch.ダー
ウィン以前の進化論の歴史に関する見事な洞察に満ちた、きわめて明快な論述
を行ないながら、とりわけダーウィニズムに対する反駁文書となった[27]」『進
化論、新と旧』や、「『生命と習慣』で開陳した理論を擁護し発展させようとし
た[28]」『無意識の記憶』 *Unconscious Memory* (1880) および『器官の変異は
偶然によるものか狡知によるものか？』 *Luck or Cunning as the Main
Means of Organic Modification ?* (1887) についても言及している。
　そしてラルボーは、これらの進化論関係の著作の合間に書かれた書物として、
「彼のイタリア生活のすべてがいわば凝縮されている[29]」『アルプスとピエモン
テ、ティチーノ州の聖域』 *Alps and Sanctuaries of Piedmont and the
Canton Ticino* (1881)、「ヴァラッロの住民に捧げた[30]」『奉納物』 *Ex Voto*
(1888) というイタリアに関する二著について解説している。またバトラーが、
「『すべての音楽家の中で最も偉大』とみなしていた[31]」ヘンデルにならって、
友人のヘンリ・フェスティング・ジョーンズと共同してピアノ曲を作曲して発
表したり（1885年）、カンタータ『ナルキッソス』 *Narcissus* を作曲したり
（1888年）したことも紹介している。そして、この時期には彼の代表作となる
『万人の道』はすでに完成していたが、バトラーは、「本人たちの知らぬ間にモ
デルとなっていたいく人かの人たちが亡くなるまでは、これを出版することを
望まず、こうした理由から『万人の道』の刊行が彼の死の2年後になった[32]」
とラルボーは説明している。
　そして1890年4月から6月にかけて、バトラーは *Universal Review* 誌に
「ダーウィニズムの行き詰まり」 "Deadlock in Darwinism" と題する文章を連

載するが、ラルボーは、これを含むバトラーの進化論関連の著作全体を次のように総括している。

> 彼は、チャールズ・ダーウィンの栄光の絶頂期にあって、進化論がそれよりも一世紀前にフランスで生まれていたと勇気をもって発言し、ビュフォン、エラズマス・ダーウィン、そしてラマルクにこそ、有機体の進化に関する最初の仮説を求めるべきことを同時代の学者たちに教えた最初の者ではなかったか？年代からして、彼こそは最初のネオラマルク派ではなかったか？彼こそ、ヘッケルからル・ダンテックまで、多数の生物学者たちが主張した、あの「生きた細胞の記憶」に関する仮説を提示し、論理的な説明を試みた最初にしてただ一人の者ではなかったか？[33]

最後にラルボーはバトラーの晩年の活動について触れ、1896年に彼の祖父の伝記である『サミュエル・バトラー博士の生涯と書簡』 *The Life and Letters of Dr. Samuel Butler* を刊行したこと、「『オデュッセイア』は女性の作品であり、その女性こそナウシカアである[34]」とする『オデュッセイアの女性詩人』 *The Authoress of the Odyssey* (1897) を発表したこと、そして『オデュッセイア』の翻訳を1900年に刊行したこと、さらにシェイクスピアのソネットに関する研究に基づき、『シェイクスピアのソネット再考』 *Shakespeare's Sonnets Reconsiderd* (1899) を刊行したことなどを紹介している。そして、バトラーのこれらのホメーロスやシェイクスピアに関する研究に関し、ラルボーは次のように評価している。

> ホメーロスに関してもシェイクスピアに関しても、彼の仮説は大胆過ぎると思われるかもしれない。しかしながら、これらの著作の純粋に文献学的な価値だけを考慮するならば、専門家のひどく慎重な解釈に対して、現代の学問的方法論により自由な解釈を、ユマニスト的解釈を導入するために力強く高貴な努力を彼が行ったことは認めなければならない[35]。

以上がラルボーの最初の論考①の概要である。

（2）その他の論考

続いて第二の論考②だが、その冒頭で、「バトラーに関してフランスが遅れ

をとっている[36）]」ことがこれを執筆する動機であったと述べられている。すなわち、オランダやドイツ、イタリアなどでは、バトラーの生前にその作品の翻訳がすでに刊行されているのに対し、フランスでは翻訳どころか論考でさえ、わずか数編を数えるのみに留まるとして、以下のものに言及している。ゾロアスター教の経典『アヴェスター』の研究で知られるジャーム・ダルメステテール James Darmesteter（1849-94）の論文[37）]、アルチュール・ヴィアンナ・ド・リマ Arthur Vianna de Lima の『ラマルク、ダーウィン、ヘッケルの生物変移論概説』*Exposé sommaire des théories transformistes de Lamarck, Darwin et Haeckel*（1886）およびイヴ・ドラージュ Yves Delage（1854-1920）の『遺伝』*L'Hérédité*（1903）におけるバトラーの『生命と習慣』からの引用、そして、ジャン・ブルム Jean Blum（1883-1915）の論考「サミュエル・バトラー」«Samuel Butler»（*Mercure de France* 誌1910年7月16日号に掲載）である。ラルボーの本論考は、これらの先行文献がいずれもヘンリ・フェスティング・ジョーンズによるバトラーの伝記の刊行以前のものであることを踏まえ、論考①と同様にこの伝記に依拠しつつ、そのタイトルに伺えるように、バトラーの少年期と青年期を扱ったものである。

　さて、まずバトラー家の家系を解説した部分でラルボーは、バトラーの曽祖父の兄弟のジェイムズ・バトラー（1729年生まれ）について以下のように解説している。

　　　彼は波乱に満ちた人生を送り、彼が横断した諸地域の風俗や風景の機知に富んだ描写の見られる興味深い手紙を残して、1765年頃にインドで亡くなった、より正確に言えば、行方不明になったのだった。彼は医者であり、技師であり、画家であった。S.バトラーは、彼こそはすべての先祖たちの中で最も共通点があるとしばしば思ったはずである[38）]。

確かにこの人物と、若き日に単身ニュージーランドに旅立ったバトラーとの間には、家系上のつながりを越えた類縁性が認められるかもしれない。

　さて、シュルーズベリー・スクールを卒業する頃（1854年）までのバトラーにあっては、やはり親との緊張した関係が悩みの種であったとして、ラルボーは次のように述べている。

家族に宛てた彼の手紙のいくつかは（中略）、読んで心を動かされるものだ。そこには、育ちの良い子どもの両親に対する敬意の陰に、（中略）愛情と冷淡さのあの闘いを感じ取ることができるのだ。常に抑えられてしまう、自分の気持ちをぶちまけたい欲求、言い過ぎてしまったのではないかという恐れ、猜疑心、絶望感を漂わせた従順さなどだ。時折子どもらしい明るさが湧き上がってくる時もある。だが、それは苦しむ心のアイロニーであり、再び閉じこもってしまうのだ[39]。

　本論考は、バトラーがニュージーランド生活を終えてイギリスに帰国する（1864年）までを扱っており、上記以外には、論考①と比較して特に取り上げるべきものは見当たらないが、もう一つだけ付け加えて指摘できるとすれば、ニュージーランドで知り合った同国人チャールズ・ペイン・パウリ Charles Paine Pauli との関係にラルボーが触れている点であろう。この人物はオックスフォードのペンブルック・カレッジの出身者で、バトラーは *The Press* 紙の編集を通じて知り合ったのであった。ラルボーは、この二人の関係につき以下のように書き記している。

　　学校時代からバトラーは身体的な劣等感を持っており、魅力が欠けていると思っていた。そして、自然な物腰と魅力的な容姿の仲間たちにいつも惹かれていた。ところで、彼はパウリの中にこうしたヒーローの一人を見出したと思ったのだった。（中略）彼の目に完璧な上流人士と映ったこのパウリに何かをしてやれることは本当に幸せなことだった。（中略）パウリをニュージーランドに引き留めていたのは、ただ金がないからに過ぎなかった。バトラーは一緒にイギリスに帰ろうと彼に持ちかけた。（中略）パウリは受け入れた。バトラーはニュージーランドでのすべての事業にけりをつけて、1864年6月25日にパウリを伴って出発したのである[40]。

　先述の通り、ラルボーのこの論考はバトラーがニュージーランドからイギリスに帰国する1864年までを扱っているので、帰国後のこの二人の関係について言及がないのは致し方ないところだが、このパウリという人物は、以下の指摘にある通り、なかなかしたたかな曲者であったようだ。

　　この人物がバトラーに金の無心をし続け、バトラーは33年間、1897年にパウ

リが死ぬまで、年二百ポンドを支給し続けたとされる。しかもこの人物は、後年彼の下を離れ、別の人物からも生活費の援助を受けていたと言われる[41]。

　それでは続いて、三つ目の③の検討に移ろう。これは前記の通り、そもそもは講演であったが、その冒頭でラルボーは、「私の知る限り、（中略）まだ誰もこのような比較をしようなどとは思いもよらなかったでしょうし、バトラー自身もおそらく驚いたことでしょう[42]」と断りながら、バトラーに最も近似した人物として古代ギリシャの哲学者エピクロスの名を挙げる。これなどもいかにもラルボーらしい発想と言うしかないが、まず両者の家庭環境や友人関係における類似点を以下のように指摘する。

　　　私たちがエピクロスに関して所持しているほとんどすべての情報はディオゲネス・ラエルティオスに負っているわけですが、彼によりますと、哲学者エピクロスの母親は祈祷師で、彼の学説の著しい特徴である宗教に対するあのような嫌悪や、迷信に対するあのような憎悪を彼が感じ始めたのは、母親が、あえてこう申してよければ、祈祷を行っているのをおそらく目にしたからなのです。サミュエル・バトラーの母親は祈祷師ではありませんでしたが、彼が生い育った環境は最も典型的で最も偏狭なイギリスの聖職者のそれだったのです。すなわち、彼の父親は聖職者であり、彼の祖父はイギリス国教会の主教でした。彼をあらゆるキリスト教の教義の厳しい否認へと駆り立てた反抗の要因は、こうした環境が彼に及ぼした影響に帰されるべきものです。（中略）古代の人々はすべてエピクロス学派のことを、節制を守り、礼儀正しく、親切で、陽気で、この上なく濃やかな情愛によって結ばれている友人たちの共同体であったと私たちに伝えています。そしてまさにサミュエル・バトラーも、友人たちの小さなグループの中でこのようにして生きたのでした[43]。

　次いでラルボーは、両者の世界観や哲学上の類似性について次のように述べる。

　　　エピクロス哲学が定めた目的、それは人間の幸福です。したがって、それは何よりも、人間をあの世の恐ろしさや、迷信に由来するあらゆる桎梏から解放することを目指しています。かくしてエピクロス哲学は、神々が人間の事柄に関与することを拒絶し、デモクリトスから世界の物理的な解釈——感覚による判断にのみ依拠する経験論的な解釈——を借用することから出発しているので

す。すなわち、宗教を排斥し、それを科学に置き換えるのです。このようにしてエピクロス哲学にとっては、どのような科学的解釈も、それが人間を神々への恐れから解放してくれる限り、善となるのです。（中略）まったく同様に、サミュエル・バトラーもキリスト教の教義を拒否し、キリスト教の超自然的な要素に合理的な解釈を施すことから始めたのでした。（中略）次にサミュエル・バトラーはこのように人間をあの世の恐ろしさから解放し、世界の解釈として、チャールズ・ダーウィンが彼に開示してくれた進化論が提示する解釈を採用するのです。それから、チャールズ・ダーウィンの理論があまりに機械論的過ぎるゆえに不十分だと認識してからは、ビュフォンやラマルクの理論を自分なりに採用し、発展させるのです。彼が同時代の学者たちと論争することになる要因はそこにあるのですが、それもエピクロスと彼のもう一つの類似点ということになります。すなわち、こちこちの信心家たちには破廉恥漢呼ばわりされ、学者たちには無学者呼ばわりされたのです[44]。

そして、「私たちに判断できる限りにおいて、彼らの倫理観は同じである[45]」として、ラルボーはこう指摘する。

エピクロスにあって、最高善は三つの要素から構成されていました。すなわち、「愛と音楽と美の観想」です。ところで、それらは、サミュエル・バトラーの生涯において常に結び付いているのが認められる三つの要素なのです[46]。

以上のように、このラルボーの講演内容は全体として、バトラーを古代ギリシャのエピクロスになぞらえるものであったが、ここで講演は終わり、最後に、バトラーの『生命と習慣』のラルボーによる抄訳、『ノート・ブックス』および『万人の道』の原文の抜粋、『エレホン再訪記』のラルボーによる抄訳がラルボー自身によって朗読された[47]。さらには、バトラーが友人ヘンリ・フェスティング・ジョーンズと共に作曲したガヴォット、メヌエット各一曲と、オラトリオ『ユリシーズ』の第3部序曲がピアノで演奏された[48]。

それでは次に第4の論考④の検討に入りたいが、これは先行する①と②と同様、バトラーの生涯や活動の概略を解説したものである。本論考の冒頭でラルボーは、生涯においてさまざまな分野で活動を展開したバトラーについて以下のように評価している。

実のところ、おそらくゲーテ以降で、サミュエル・バトラーほどあらゆることに通じた芸術家の理想を実現しようとした作家はいなかった[49]。

　その他、本論考におけるラルボーの記述で注目されるのは、バトラーと聖職者であった父親との険悪な関係に触れて、次のように指摘している点である。

　父親は、一族から命じられたこの職業に密かに不満を抱いていたため、凶暴であった[50]。

　そして、「裕福だが不誠実な両親[51]」ではあったが、彼らが息子のバトラーを伴ってイタリア旅行を行ったことについて、ラルボーはこう述べている。

　彼をイタリアに連れて行った両親は、彼らがその宗教や道徳を忌み嫌い、その住民を軽蔑したに違いないこの国が、いつの日かその息子によって第二の祖国とみなされることになろうとはほとんど思いもしなかった[52]。

　また、③の講演においてエピクロスとの共通性として言及していたバトラーの友人関係に関して、ラルボーは以下のように述べている。

　彼のすべての友人関係の中で最もすばらしかったのは、12年以上にわたって、彼をこの上なく傑出した女性であるミス・エリザベス・メアリー＝アン・サヴェッジと結び付けた友情だった。（中略）サミュエル・バトラーが作家としての才能、とりわけモラリストや小説家としての才能を伸ばすことができたのは、ほとんどミス・サヴェッジの影響のお蔭であり、（中略）彼女が彼を叱咤激励してくれたお蔭であった。（中略）その死後出版が彼の名声の確立に大いに寄与した小説、『万人の道』を彼が執筆したのは彼女のためではなかったにしろ、少なくとも彼女がいたからであった。この友情は1885年、ミス・サヴェッジの死によって終わりを告げたのであった[53]。

　それでは最後に⑤の論考を見てみることにしよう。この論考の冒頭で、ラルボーはバトラーの多彩な活動に触れた後、彼の生涯が「完全に快楽に捧げられた[54]」ものであったと指摘する。後段で、「彼の直系の先祖、それはエピクロス主義者たちや18世紀の功利主義者たちである[55]」と述べられることから、ラルボーのこうした記述は、すでに見た③の講演内容を敷衍したものと考えてよいだろう。そして、このようにバトラーをいわば「快楽主義者」とみなすラ

ルボー自身も「快楽主義者」だったと言ってよい。たとえば彼の日記には、「『何にもまして快楽を選び取る』という金言は常に豊かな実を結ぶ[56]」と記されているからである。さらには、彼の事実上の処女作が『裕福なアマチュアの詩』であった事実も想起すべきである。これは、職業詩人ではない「アマチュア」詩人のバルナブースの創作した詩編が中核を成している作品だが、「アマチュア」（amateur）とは、元々「愛すべきものを愛する者」、すなわち「快楽主義者」の謂なのである。こうしたエピクロス等も介してのバトラーとの類縁性、ここにラルボーのバトラーに対する共感の大いなる源があったことは確かであろう。

　そしてこの論考においてもう一つ注目すべき事柄を挙げるとすれば、バトラーの著作を二つのグループに分類していることであろう。すなわち、「第一のグループ」は、「想像力や空想力が支配的で、中心的な主題が知的問題ではない作品[57]」で、『エレホン』、『万人の道』、『アルプスとピエモンテ、ティチーノ州の聖域』、『エレホン再訪記』をそこに分類している。そして「第二のグループは、特定の問題に関する理論を述べたり、擁護したり、説明するために書かれた本[58]」とし、この「第二のグループ」をさらに以下の通り、五つの小グループに区分している。その第一は、「S. バトラーが『イエスの問題』と呼ばれるものに取り組み、解決しようとした二つの著作[59]」で、「復活」に関するパンフレットと『良港』が該当する。そして第二の小グループは「生物学的哲学の四つの著作[60]」で、『生命と習慣』、『進化論、新と旧』、『無意識の記憶』と『器官の変異は偶然によるものか狡知によるものか？』が該当し、「それらの著作において、（中略）彼は『進化の問題』に取り組み、それを解決しようと努めている[61]」と述べる。第三の小グループに属するのは『知られたる神と知られざる神』God the Known and God the Unknown（1909）で、「彼は現代の『宗教上の問題』の解決——科学と宗教的感情の折合い——を図っている[62]」としている。続く第四の小グループは「1890年から1900年にかけて書かれた著作[63]」で、「ホメーロスの問題」を扱った『オデュッセイアの女性詩人』と『ホメーロスのユーモア』The Humour of Homer（1913）、そして「シェイクスピアの問題」に取り組んだ『シェイクスピアのソネット再考』が

76

含まれる。そして最後の第五の小グループには、「彼の伝記の構想の仕方を示した[64]」『サミュエル・バトラー博士の生涯と書簡』、「彼の美術批評と美術史研究の流儀を示した[65]」『奉納物』を分類している。

3　ラルボーのバトラーに関する翻訳

ラルボーによるバトラー作品の翻訳を刊行順に並べると以下の通りとなる。

① *Erewhon, ou De l'autre côté des montagnes*, Paris, Ed. de la Nouvelle Revue Française, 1920.

② *Ainsi va toute chair*, Paris, Ed. de la Nouvelle Revue Française, 1921.（『万人の道』の翻訳）

③ *La Vie et l'Habitude*, Paris, Ed. de la Nouvelle Revue Française, 1922.（『生命と習慣』の翻訳）

④ *Nouveaux voyages en Erewhon*, Paris, Ed. de la Nouvelle Revue Française, 1924.（『エレホン再訪記』の翻訳）

⑤ *Carnets*, Paris, Gallimard, 1936.（『ノート・ブックス』の翻訳）

これらのバトラー作品の翻訳にラルボーが取り組んだ時期は、前述の通り、1915年から1919年までの4年間に集中している。以下に、これらの翻訳にうかがえる翻訳者ラルボーの特徴などを検討してみたい。

まずは①についてであるが、第15章「音楽銀行」の次の一節を見てみよう。初めに『エレホン』の原文、次に邦訳、続いてラルボー訳の順に引用する。

> They soon joined me. For some few minutes we all kept silence, but at last I ventured to remark that the bank was not so busy to-day as it probably often was. On this Mrs. Nosnibor said that it was indeed melancholy to see what little heed people paid to the most precious of all institutions. I could say nothing in reply, but I have ever been of opinion

that the greater part of mankind do approximately know where they get that which does them good [66] .

　彼女たちは私のところにやってきた。数分間私たちは皆だまっていたが、ついに私は思い切って、銀行が今日は多分普段よりも忙しくなかったのであろう、と言ってみたら、ノスニボル夫人はすべての施設のうちで最も貴重なこの銀行に、人びとがあまり注意を払っていないのを見ると、本当に気がふさぐと言った。私は、それに対して何ともいいようがなかったが、私は常日頃、人間の大多数は自分のためになるものを入手できる場所を大体必ず心得ているものだという意見を抱いていた[67]。

　Elles ne tardèrent pas à me rejoindre.　Pendant quelques minutes nous gardâmes le silence, mais à la fin je me risquai à dire que la banque n'était pas aussi achalandée ce jour-là qu'elle l'était sans doute souvent.　Sur quoi Mme Nosnibor me dit qu'il était triste vraiment de voir les gens faire si peu de cas de la plus précieuse de toutes les institutions.　Je ne pus rien répondre à cela, mais j'ai toujours pensé que la plupart des hommes savent à peu près toujours où ils trouvent ce qui les satisfait [68] .

　原文の2行目の 'busy' がラルボー訳では « achalandée » と訳されている。これは「客の多い」の意だが、古語に属する。また、原文の最後の部分——'the greater part of mankind' 以下——に対応するラルボー訳を和訳してみると、「人間の大多数は自分を満足させてくれるものをどこで見つけるかをほぼ常に心得ている」となり、原文との間に若干のずれを感じさせる。
　続いてもう一箇所、第16章「アロウエナ」から取り出そう。同様に、原文、邦訳、ラルボー訳の順に引用する。

　Thus they have a law that two pieces of matter may not occupy the same space at the same moment, which law is presided over and administered by the gods of time and space jointly, so that if a flying stone and a man's head attempt to outrage these gods, by 'arrogating a right which they do not possess' (for so it is written in one of their books), and to occupy the same space simultaneously, a severe punishment, sometimes even death itself, is sure to follow, without any regard to whether the stone knew that the man's head was there, or the head the stone; this at least is their view of the common accidents of life [69].

こんなわけで彼らには二つの物体は同一の瞬間に同一の空間を占めてはならない、という法律があり、この法律を時の神神と空間の神神が共同で司り行使する。だからもし空飛ぶ石と人間の頭が、「それらが本来所有してない権利を横領する（彼らの本の一冊にはそう書いてある）」ことによって、これらの神神を冒涜してまで同時に同一空間を占有しようとの企てをしようものなら、その結果必ず石がそこに人間の頭があることを、逆に人間の頭がそこに石があることを、知る知らぬにかかわらず、時には死刑すら行われる厳罰に処せられる。少なくともこれが人生にざらにある偶発事についての彼らの見解である[70]。

Par exemple, ces dieux ont une loi selon laquelle deux objets solides ne peuvent pas occuper le même espace dans le même instant, et cette loi est du domaine commun des dieux du temps et de l'espace ; de sorte que si une pierre lancée et la tête d'un homme tentent d'outrager ces dieux en « s'arrogeant un droit qu'ils n'ont pas », (je cite un de leurs livres), et d'occuper simultanément la même portion d'espace, un châtiment sévère, parfois la mort même, s'ensuit infailliblement, sans que les dieux se préoccupent de savoir si la pierre savait que la tête de l'homme était là ou si la tête de l'homme savait que la pierre était là. Telle est du moins leur opinion sur les accidents ordinaires de la vie [71].

引用部は、エレホン国の人々が信仰する神々について叙述したものだが、まずは、原文の冒頭で 'Thus' とあるところが、ラルボー訳では « Par exemple »（たとえば）となっているのが注目される。これは、以下の一節がエレホンの神々の特異な属性を示す事例であるとの訳者ラルボーの解釈に由来する潤色であろう。そして、それに続く 'which law' で始まる文は、「この法律は時と空間の神々の共通の領分に属している」の意のスマートな文に訳されている。

　それでは続いて、②の『万人の道』のラルボー訳の検討に進もう。この小説

の第4章の冒頭部を、原文、邦訳、ラルボー訳の順に引用する。

The first glimpse of Mont Blanc threw Mr. Pontifex into a conventional ecstacy. 'My feelings I cannot express. I gasped, yet hardly dared to breathe, as I viewed for the first time the monarch of the mountains. I seemed to fancy the genius seated on his stupendous throne far above his aspiring brethren and in his solitary might defying the universe. I was so overcome by my feelings that I was almost bereft of my faculties, and would not for worlds have spoken after my first exclamation till I found some relief in a gush of tears. (...)' After a nearer view of the Alps from above Geneva he walked nine out of the twelve miles of the descent [72].

モン・ブランの最初の一瞥は、ポンティフェックス氏を有頂天の因習的な状態に投げこんだ。「わたしの感情はとても表示できない。山岳の王者をはじめて望み見たとき、あえぎはしながらも、ほとんど息がつけぬ状態になった。この守護神は、高きを望む同胞をはるかにしのぐ高いすばらしい王座に座し、孤独のたくましさで宇宙を睥睨する姿を思わせた。わたしは自分の感情にすっかり圧倒され、ほとんど動く力を失い、最初にあげた絶叫のあと、どうにも言葉を発する気になれず、ついに涙が滂沱として流れ、多少心を晴れやかにしてくれたのだった。(中略)」ジュネーヴの上部からアルプスの連峰の近景をながめたあとで、十二マイルのくだり道のうち九マイルを、彼は徒歩でいった[73]。

La première échappée sur le Mont Blanc jeta M. Pontifex dans un transport de banalités : « Je ne puis exprimer ce que je ressentis. Je haletai et cependant j'osai à peine respirer, lorsque je contemplai pour la première fois le monarque des montagnes. Il me semblait voir le génie assis sur son trône prodigieux bien au-dessus de ses frères ambitieux, et dans sa majesté solitaire défiant l'univers. La violence de mes sentiments était telle que je fus presque privé de mes facultés, et pour rien au monde je n'eusse parlé, après ma première exclamation, si d'abondantes larmes n'étaient venues soulager ma poitrine oppressée. (...).» Après avoir vu de plus près les Alpes, des hauteurs qui dominent Genève, il fit à pied neuf milles sur les douze milles que comporte la descente [74].

80

　この箇所では、原文の下から3行目の "till I found some relief in a gush of tears" ——邦訳では、「ついに涙が滂沱として流れ、多少心を晴れやかにしてくれたのだった」——を、« si d'abondantes larmes n'étaient venues soulager ma poitrine oppressée » (もしもあふれるばかりの涙が私の息苦しい胸を楽にしに来てくれなかったならば) と潤色を施して訳出しているのが目に留まる。さらにその先の、原文では単に "from above Geneva" (ジュネーヴの上部から) とあるところが、« des hauteurs qui dominent Genève » (ジュネーヴを見下ろす高所から) と表現が膨らまされているのも同様の潤色であろう。

　もう一つ例を取ろう。先程引用した箇所に続くところで、登場人物ジョージ・ポンティフェックスがアルプスの氷河を見て、次のような詩を詠む場面がある。

　　　Lord, while these wonders of thy hand I see,
　　　My soul in holy reverence bends to thee.
　　　These awful solitudes, this dread repose,
　　　Yon pyramid sublime of spotless snows,
　　　These spiry pinnacles, those smiling plains,
　　　This sea where one eternal winter reigns,
　　　These are thy works, and while on them I gaze
　　　I hear a silent tongue that speaks thy praise [75].

　　　主よ、なんじの手のつくりたまえるかかる驚異をながむるとき、
　　　わが魂、聖なる敬意に打たれ、なんじに膝を屈す。
　　　このおそろしき孤独、このおそるべき休息、
　　　けがれなき雪のかなたの壮大なるピラミッド、
　　　ここなる螺旋状の尖頭、かなたなるほほえむ平原、
　　　変わらず永遠の冬の支配するこの海、
　　　なんじのいとなみつくれるは、かかるもの。そをながむるとき、
　　　わが耳を打つは、なんじの賛歌を語る無言の舌のみ [76]。

　この部分のラルボー訳は以下の通りである。参考までに、ラルボー訳に対す

Ⅲ　ヴァレリー・ラルボーとサミュエル・バトラー　*81*

る拙訳をも付しておく。

> Seigneur, quand de tes mains ces merveilles je vois,
> Mon âme avec respect s'incline devant toi.
> Ces déserts effrayants et ce calme terrible,
> Là-bas ce pic vêtu de blancheur intangible,
>
> Ces faîtes élancés, et ces vallons riants,
> Cette mer où l'hiver règne depuis mille ans,
> C'est ton œuvre ; et tandis que mon regard l'admire
> J'entends un chœur muet célébrer ton empire [77].

> 主よ、なんじの御手になるかかる驚異をながむるとき、
> わが魂は敬意に打たれ、なんじに膝を屈す。
> このおそろしき孤独、このおそるべき休息、
> かなたの不可侵の白雪に覆われた尖峰、
>
> ここなるすっくと伸びた峰々、かなたなるほほえむ谷、
> 千年もの昔から冬の支配するこの海、
> これはなんじの御業になるもの。そをわが眼差しが愛でるとき、
> わが耳を打つは、なんじの御世界を称える無言の聖歌のみ。

　このラルボーの訳詩においては、4行目と5行目の間に1行空きがあったり、原詩の'spiry'（螺旋状の）が《élancés》（すっくと伸びた）に、'eternal'（永遠の）が《depuis mille ans》（千年もの昔から）に、'silent tongue'（無言の舌）が《chœur muet》（無言の聖歌）に変えられる等、子細に見れば、若干原文との間に食い違いが見られるものの、全体としては原詩の意味内容を大過なく訳文に移し替えている。しかも特筆すべきことは、ラルボー訳が韻文訳であることである。すなわち原詩は10音節詩であるが、ラルボーの訳詩は12音節詩であり、さらには原詩と同様に脚韻を踏んでいるのである。ラルボーがバトラー作品の翻訳に取り組んでいた時期は、本書のⅠで明らかにした通り、「逐語訳よりも文学的な翻訳」を志向していたと考えられ、それはここまで検討してきた『エレホン』や『万人の道』にも明瞭に確認できたことである。上

に引用したラルボーの訳詩は、そのような翻訳者ラルボーが目指した「文学的な翻訳」の最善の達成例と言えるだろう。

　さて、ラルボー訳④についてはおおむね原文に忠実で、さほどの特徴は見出せないので、最後に、ラルボー訳⑤の検討に移りたい。まず原作 *The note-books* の第Ⅰ章 "Lord, What is Man?" の 'My Life' の書き出しの部分（ⅰ）を見てみよう。初めに原文、続いてラルボー訳を引用する。

> I imagine that life can give nothing much better or much worse than what I have myself experienced.　I should say I had proved pretty well the extremes of mental pleasure and pain; and so I believe each in his own way does, almost every man [78] .

> Il me semble que la vie ne peut rien donner de beaucoup meilleur ni de beaucoup plus mauvais que ce par quoi j'ai passé moi-même.　Je peux dire que j'ai bien fait l'épreuve du maximum du plaisir et du maximum de la douleur ; et je crois que tout homme, à sa manière, en fait autant ; oui, presque tout le monde [79] .

　この部分で気になるのは、原文の末尾の 'almost every man'（ほとんど誰もが）が、ラルボー訳では《oui, presque tout le monde》（そうだ、ほとんど誰もが）と、原文にはない《oui》が付加されている点であろう。やはりこれは訳し過ぎであろう。
　次に、原作の第Ⅱ章 "Elementary Morality" の 'Abnormal Developments' と題された項目の書き出しの部分を見てみよう。初めに原文、続いてラルボー訳を引用する。

> If a man can get no other food it is more natural for him to kill another man and eat him than to starve [80] .

> Si un homme se trouve dans l'impossibilité de se procurer une autre nourriture, il est plus naturel qu'il tue et mange un autre homme que s'il se laissait mourir de faim [81] .

Ⅲ　ヴァレリー・ラルボーとサミュエル・バトラー　*83*

　この箇所のラルボー訳では、特に冒頭の «Si un homme se trouve dans l'impossibilité de» に訳者の技巧が感じられる。バトラーの原文の冒頭部は、「人は他の食物を得ることができないならば」の意の平板な表現であるのに対し、ラルボーの訳文は「もし人が他の食物を手に入れることが不可能な状態に陥るならば」の意で、かなり凝った言い回しと言えよう。また、末尾の 'to starve'（餓死する）に対するラルボー訳 «il se laissait mourir de faim»（餓死するがままになる）も同様であろう。

　続いて、同じ章の "The Family" の冒頭部（ⅰ）を見てみよう。同じ要領で、原文とラルボー訳を引用する。

　　I believe that more unhappiness comes from this source than from any other — I mean from the attempt to prolong family connection unduly and to make people hang together artificially who would never naturally do so. The mischief among the lower classes is not so great, but among the middle and upper classes it is killing a large number daily. And the old people do not really like it much better than the young [82].

　　Je suis persuadé que plus de maux dérivent de cette source que de toute autre, — je veux dire : de l'effort pour prolonger au delà de leurs limites naturelles les rapports familiaux, et pour obliger à demeurer artificiellement unies des personnes qui, laissées libres de vivre à leur guise, ne resteraient certainement pas unies. Le mal n'est pas aussi grand chez les classes inférieures, mais parmi les classes moyennes et supérieures, il fait chaque jour un grand nombre de victimes. Et au fond cet état de choses n'est pas plus du goût des parents que du goût des enfants [83].

　この箇所でも、原文の２行目の 'unduly'（過度に）が «au delà de leurs limites naturelles»（もっともな限度を越えて）と、そして３行目の 'naturally'（普通では）が、«laissées libres de vivre à leur guise»（思い通りに生きる自由を与えられれば）と訳されているように、原文の一語が一つの句に拡張され、敷衍されているのである。そして原文の最後の文は単に 'And'（そして）で始まっているが、ラルボーは «Et» の後に «au fond»（実は）を

84

付け加えている。またそれに続く部分で、原文の 'old people'（老人）を
«parents»（親）に、'the young'（若者）を «enfants»（子ども）としてい
るが、これは誤訳寸前と言ってよかろう。だがこのような訳し方には、ラル
ボーの母親との険悪な親子関係や、ラルボーが自身のそれと同様なものと認識
していたバトラーの対立的な親子関係が端なくも反映しているのかもしれな
い。

　以上、ラルボーによるバトラーの作品の翻訳について検討してきたが、その
翻訳の時期からしても、全体として字義上の正確さや厳密さよりも文学的な表
現を重んじる傾向が濃厚であったことが確認できたと言えよう。
　今日の私たちの目からすれば、そこには少なからぬ問題点も含まれていよう
が、ラルボーが翻訳に取り組んだバトラーの作品は、現在でもラルボー訳以外
にはフランス語の完訳は存在しない。すなわち、バトラー作品のフランス語訳
としてはラルボーのものが今日でも定訳として流通しているのであり、ラル
ボーの訳業の歴史的意義はきわめて大きいと言えるであろう。

【注】

1）ベネットはイギリスのスタッフォードシャーの生まれだが、1903年から11年まで
　　パリやフォンテーヌブローで暮らし、フランス人女性と結婚し、アンドレ・ジッド
　　などとも親交を結んでいた。ラルボーとベネットは、共通の友人である作家のシプ
　　リヤン（別名シパ）・ゴデブスキ Cyprien (Cipa) Godebski (1877-1937) を介して
　　1911年に知り合い、ラルボーはベネットの短編「五つの町の闘牛士」"The Matador
　　of the Five Towns"――同名の短編集（1912年刊）に所収――を翻訳している
　　（« Le Matador des Cinq Villes », La Nouvelle Revue Française, août 1912)。また、
　　彼の評論集『この罰せられざる悪徳、読書：英語の領域』を1936年に再版する際に、
　　1931年に亡くなったベネットに、「フランス文学の愛好家にして、優れた目利き、誠
　　実な友にして、変わらぬ恩人であるアーノルド・ベネットに捧げる」（Valery
　　Larbaud, Œuvres complètes de Valery Larbaud, tome 3, p. 15.) との献辞を巻頭に
　　掲げ、ベネットの評論『文学趣味』Literary Taste (1909) を紹介した「アーノル
　　ド・ベネットの文学指南書」« Un Manuel littéraire d'Arnold Bennett » を同書に収
　　録している。（初出は、Valery Larbaud, « Lettres anglaises : Literary Taste par
　　Arnold Bennett », La Nouvelle Revue Française, août 1914.) また既述の通り、ベ

ネットの仲介によって、イギリスの週刊誌 *The New Weekly* に1914年3月21日から8月8日まで、英語でフランスの文学事情を伝える「パリ通信」"Letter from Paris" を寄稿している。

2）G. Jean-Aubry, *Valery Larbaud : sa vie et son œuvre, op. cit.*, p. 193.

3）*Id.*

4）*Ibid.*, p. 246.

5）Valery Larbaud, *Mon itinéraire, op. cit.*, p. 48.

6）Valery Larbaud, *Journal, op. cit.*, p. 205.

7）*Ibid.*, p. 232.

8）アドリエンヌ・モニエ（1882-1955）は、パリのオデオン通り7番地に「本の友の家」（La Maison des Amis des Livres）という書店を経営していたフランス人の女性で、同書店はラルボーを含め、*N.R.F.* 誌系の作家たちを主要な顧客としていた。

9）Valery Larbaud, «Samuel Butler», *La Nouvelle Revue Française*, janvier 1920, p. 8.

10）Henry Festing Jones, *Samuel Butler, author of Erewhon (1838-1902) : a memoir*, 2 vol, London, Macmillian, 1919.

11）Valery Larbaud, «Samuel Butler», *op. cit.*, p. 10.

12）G. Jean-Aubry, *Valery Larbaud : sa vie et son œuvre, op. cit.*, p. 13.

13）事実、ラルボーは彼自身の少年期を回想して、日記に以下のように書き記している（1912年8月5日付け）。「私は7時半から8時の間に母の部屋で朝食を取るのが好きだ。（窓越しに眺められる風景などが素晴らしいからだ。）あんなに長く囚人のようだったここに、そしてあんなにも憎むべきものとなっていたこの場所に、面白いものや、本当に愛するに値するものを再び私が見出すのにどれほどの時間を要したかを考えると奇妙な気がする。（中略）実のところ、あんなに苦しい思いをしながら、どうして楽観的な人生観を失わずにすんだのか不思議だ。まわりのものすべてが私を幸福にしてくれるために作られていると思われるのに、自由がないために（そしてそのためだけに）どれだけ私が苦しんできたかを、一般的なかたちで、自分をそれと表すことなく表現することができたらと思うのだ。」（Valery Larbaud, *Journal, op. cit.*, p. 99.）また、ラルボーの小説『フェルミナ・マルケス』には、次のような一節がある。「僕たちの両親は、僕たちが心の底を打ち明けられるようにはできていない。彼らにとって僕たちは推定相続人でしかないのだ。彼らが僕たちに求めるのはただ二つ。まずは、彼らが僕たちのために払ってやる犠牲から僕たちが利益を上げること。次に、僕たちが彼らの思う通りの人間に作り上げられるのを甘受すること、つまりは、彼らの事業を引き継ぐために早く大人になること、あれほど苦労して築き上げた財産を食いつぶすなどということのない、分別のある大人になることなのだ。」（Valery Larbaud, *Œuvres, op. cit.*, p. 352.）さらに、少年少女たち

を主人公とするラルボーの短編集『幼なごころ』にも、「包丁」《Le Couperet》の
ミルー少年など、まわりの大人たちによって自由を奪われ抑圧される子どもたちの
姿が描かれている。(拙著『1920年代パリの文学——「中心」と「周縁」のダイナミ
ズム』、前掲、54-56頁も参照されたい。)

14) Valery Larbaud, 《Samuel Butler》, *op. cit.*, p. 10.

15) *Ibid.*, p. 12.

16) *Id.*

17) *Ibid.*, p. 14.

18) *Id.*

19) *Id.*

20) *Ibid.*, p. 15.

21) 原題は "Darwin on the Origin of Species. A Dialogue"。

22) 原題は "Darwin among the Machines"。

23) Valery Larbaud, 《Samuel Butler》, *op. cit.*, p. 15.

24) *Ibid.*, p. 21.

25) *Ibid.*, p. 24.

26) *Ibid.*, p. 26.

27) *Ibid.*, p. 27.

28) *Ibid.*, p. 28.

29) *Id.*

30) *Id.*

31) *Ibid.*, p. 29.

32) *Ibid.*, p. 30. ここでのラルボーの指摘は不正確で、『万人の道』の出版は、作者バ
トラーの死の翌年の1903年のことである。

33) Valery Larbaud, 《Samuel Butler》, *op. cit.*, p. 31.

34) *Ibid.*, p. 34.

35) *Id.*

36) Valery Larbaud, 《L'Enfance et la Jeunesse de Samuel Butler, 1835-1864》, *Les Ecrits nouveaux*, avril 1920, p. 31.

37) しかしながら、当該論文の題目等の詳細は記載されていない。

38) *Ibid*, p. 33.

39) *Ibid.*, p. 37.

40) *Ibid.*, pp. 52-53.

41) 清宮倫子『ダーウィンに挑んだ文学者:サミュエル・バトラーの生涯と作品』、南
雲堂、2010年、15 – 16頁。

42) Valery Larbaud, 《Samuel Butler》, *Les Cahiers des Amis des Livres*, n° 6, 1920,

p. 9.

43) *Ibid.*, pp. 11-12.

44) *Ibid.*, pp. 14-16.

45) *Ibid.*, p. 16.

46) *Ibid.*, p. 21.

47) Cf. *ibid.*, pp. 25-33.

48) Cf. *ibid.*, pp. 26-27. なお、ピアノの演奏者はフランス人のジャック・ブノワ＝メシャン Jacques Benoist-Méchin（1901-83）であった。後述するように、彼は、ジェイムズ・ジョイスの『ユリシーズ』のフランス語訳に関しても、ラルボーやアドリエンヌ・モニエと協力する。

49) Valery Larbaud, «Samuel Butler (1835-1902)», *La Revue de Paris*, le 15 août 1922, p. 748.

50) *Ibid.*, P. 750.

51) *Id.*

52) *Id.*

53) *Ibid.*, p. 754.

54) Valery Larbaud, «Samuel Butler», *La Revue de France*, le 1er octobre 1923, p. 452.

55) *Ibid.*, p. 460.

56) Valery Larbaud, Journal, *op. cit.*, p. 1128. （1934年2月18日付け）

57) Valery Larbaud, «Samuel Butler», *op. cit.*, p. 457.

58) *Id.*

59) *Id.*

60) *Id.*

61) *Ibid.*, p. 458.

62) *Id.*

63) *Id.*

64) *Id.*

65) *Id.*

66) Samuel Butler, *Erewhon, or Over the range*, London, Jonathan Cape, 1960, pp. 127-128.

67) サミュエル・バトラー『エレホン：倒錯したユートピア』（石原文雄訳）、音羽書房、1979年、143頁。

68) Samuel Butler, *Erewhon, ou De l'autre côté des montagnes*, Paris, Ed. de la Nouvelle Revue Française, 1920, p. 102.

69) Samuel Butler, *Erewhon, or Over the range, op., cit.*, p. 140.

70）サミュエル・バトラー『エレホン：倒錯したユートピア』（石原文雄訳）、前掲、158-159頁。

71）Samuel Butler, *Erewhon, ou De l'autre côté des montagnes, op. cit.*, p. 113.

72）Samuel Butler, *The Way of all Flesh*, Oxford, Oxford University Press, 1936, p. 14.

73）サミュエル・バトラー『万人の道（上）』（北川悌二訳）、旺文社、1977年、26-27頁。

74）Samuel Butler, *Ainsi va toute chair*, Paris, Gallimard, 1957, p. 20.

75）Samuel Butler, *The Way of all Flesh, op. cit.*, p. 14.

76）サミュエル・バトラー『万人の道（上）』、前掲、27頁。

77）Samuel Butler, *Ainsi va toute chair, op. cit.*, p. 20.

78）Samuel Butler, *The note-books of Samuel Butler, op. cit.*, p. 5.

79）Samuel Butler, *Carnets*, Paris, Gallimard, 1936, p. 37.

80）Samuel Butler, *The note-books of Samuel Butler, op. cit.*, p. 22.

81）Samuel Butler, *Carnets, op. cit.*, p. 52.

82）Samuel Butler, *The note-books of Samuel Butler, op. cit.*, p. 24.

83）Samuel Butler, *Carnets*, Paris, Gallimard, 1936, p. 53.

IV ヴァレリー・ラルボーとジェイムズ・ジョイス

　本章では、ヴァレリー・ラルボーがアイルランドのジェイムズ・ジョイスと出会い交流を深める経緯を明らかにした上で、ラルボーがジョイスに関して行った批評や翻訳の仕事について検討する。

1　ラルボーとジョイスの出会い

　ラルボーがジョイスに初めて会うのは1920年12月24日、パリのシェイクスピア・アンド・カンパニィ書店においてである。ジョイスはこの年の7月8日、1905年3月以降長きにわたって滞在していたイタリアのトリエステ[1]を発ってパリに到着していた。彼が恋人のノラとともに故国アイルランドを離れてから、すでに16年の歳月が経過していた。彼のこのような祖国離脱の経緯についてはここでは立ち入らないが[2]、彼に「エグザイル」の境遇を強いたのは、アイルランドの現実が彼に突き付けたやるせない絶望感と閉塞感であった[3]。彼は、アイルランドを離れる直前の1904年8月29日にノラに書き送った書簡の中に、以下のようにその心情を吐露していた。

>　僕はたった今、食欲が全くわかなかった夜中の食事を済ませたところだ。半分ほど食べ終えた時、指で食べていることに気づいたんだ。昨夜もそうだったけれど、気分が悪いよ。とても悩んでいるんだ。（中略）今夜は僕が話したことで君を苦しませたかもしれない。（中略）僕の心は、今の社会秩序全体とキリスト教——家庭、世間に認められている美徳、さまざまな種類の生活、宗教上の

教義──をはねつける。家庭という観念をどうして好ましく思うことができた
だろうか。僕の家は単なる中流の家だったけれど、僕も受け継いでいる浪費癖
によって破産した。僕の母は、僕の父の虐待と長年の労苦と、僕のあからさま
に皮肉な振舞いによって徐々に死に至ったんだと思う。棺に横たわった母の顔
──癌で衰弱した灰色の顔──を見た時、目にしているのは犠牲者の顔だと
いうことがわかった。そして母を犠牲者にした体制を呪ったんだ。（中略）6年前
僕はとても激しい憎しみをもってカトリック教会を離れた。僕の本性から突き
上げてくる衝動のために、教会に留まることはできないということがわかった
からだ。学生の頃、僕はひそかに教会に戦いを挑み、教会が僕に提供してくれ
た地位を受け入れることを断った。その結果、物乞いに成り下がったけれど、
誇りは保つことができたよ。これから僕は書き、しゃべり、行動することで、
公然と教会と戦うんだ[4]。

　さて、上記の通り、1920年7月にジョイスが定住の地であったトリエステ
からパリに赴いたきっかけは、その前月に北イタリアのガルダ湖畔の町シルミ
オーネでアメリカ出身の詩人・批評家のエズラ・パウンドEzra Pound（1885-
1972）に会った際に、パウンドから一緒にパリに行こうと勧められたことで
あった[5]。リチャード・エルマンは、この時の模様についてジョイスの伝記の
中にこう記している。

　　　それから彼らはジョイスの状況について長々と議論し、パリに2、3日行っ
　　て、町の様子を見、できることなら『芸術家の肖像』のフランス語訳、ことに
　　よると『ダブリンの人々』のフランス語訳についても手配をしてくるのがいい
　　だろうということで意見が一致した。パウンドが先に行き、彼のために手筈を
　　整えようということになったのだ[6]。

　パウンドとのこうした打合せに従って、上記の通り、1920年7月8日に
ジョイスはパリに到着したのである。だがその後のジョイスの人生は、パリ到
着時の想定とは全くかけ離れたコースを辿っていくことになる。再びエルマン
の言葉を借りるなら、「彼は1週間滞在するつもりでパリに来て、20年間留
まった[7]」のだから。

　さてパリに到着したジョイスは、予定通り彼に先立ってパリに入っていたパ
ウンドの導きにより、3日後の7月11日、フランスの詩人アンドレ・スピー

ル André Spire (1868-1966) 宅で催されたパーティーに赴く。そしてそこで
ジョイスは、前年11月よりパリで前記の英米書の書店「シェイクスピア・ア
ンド・カンパニイ」を開設していたアメリカ人女性シルヴィア・ビーチSylvia
Beach (1887-1962) と出会うのである。これはジョイスにとってまさに「運命
的」と言ってよい出来事であった。なぜなら、このビーチの書店こそが2年後
に彼の『ユリシーズ』の出版元になるからであり、彼女との出会いが彼の人生
の進路を想定外の方向に変えてしまうそもそものきっかけとなったからであ
る。

　ところでビーチは、これ以前に『若い芸術家の肖像』や『リトル・レヴュー』
誌に連載されていた「ユリシーズ」を読んで、未知の大作家ジョイスに非常な
興味を抱いていたのだが、上記のパーティーにおける憧れのジョイスとの初対
面の模様を、彼女は感激を込めて、その回想記『シェイクスピア・アンド・カ
ンパニイ書店』Shakespeare and Company (1956) の中に書き記している。

　　　身震いしながら、私は「ジェイムズ・ジョイス先生でいらっしゃいますか?」
　　と尋ねた。
　　　「ジェイムズ・ジョイスです」と彼は答えた。(中略)
　　　テナー歌手のような調子の甘い音色を帯びたジョイスの声は私を魅了した。
　　彼の発音はきわめて明瞭だった。(中略)
　　　私たちは話を続けた。ジョイスの態度には全く気取ったところがなかったの
　　で、当時の最も偉大な作家を目の前にして圧倒されてはいたが、彼といて何か
　　しら寛いだ気分だった[8]。

　一方、ジョイスはパーティーの翌日、早速ビーチの書店を訪ねて来て、その
貸し出し文庫の会員登録を済ませ、「シェイクスピア・アンド・カンパニイ書
店の一家のメンバー[9]」になったのである。

　ところで、このビーチの書店のフランス人顧客の中には、当然のことながら
ヴァレリー・ラルボーも含まれていた。ラルボーに関し、ビーチは前記の回想
記の中でこう述べている。

　　　ラルボーと私を結び付けたものは、彼がアメリカ文学を愛したことだ。アメ
　　リカの新しい作家を彼に紹介することが私の仕事だった。そして彼が私の書店

を出る時は、いつもアメリカ作家の本を腕一杯抱え込んで出て行った。また、そこで新しい世代の生の見本とも出会っていたのだ[10]。

　だがビーチは「アメリカの新しい作家」のみならず、彼女が尊敬し、かつ面識を得たアイルランドの前途ある作家、ジェイムズ・ジョイスについてもラルボーに語ることになるのは自然の成り行きであろう。

　　書店にやって来ると、ラルボーはいつも彼が英語で読むべきものを私に尋ねるのだった。ある時彼が来た際、私は彼にアイルランド人のジェイムズ・ジョイスの著作をこれまでに見かけたことがあるかどうか尋ねてみた。彼は見かけたことがないと答えたので、私は『若い芸術家の肖像』を彼に与えた。彼はこの本をすぐに返しに来て、とても面白かったと言い、また著者に会ってみたいとも言った[11]。

　他方、ジョイスの方は彼女にこう語る。

　　ジョイスはある日、フランスの作家たちに会ってみたいと言った。シェイクスピア・アンド・カンパニイ書店は、フランスで最も敬われている作家の一人、ヴァレリー・ラルボーの名付け子であることを大いに誇りにしていた。そこで私は、ジョイスとラルボーは確かに知り合うべきだと考えたのだ[12]。

　かくして両作家の対面の機の熟した1920年12月24日、ビーチは彼女の書店で二人を引き合わせるのである。そしてビーチによれば、「二人はたちまち大の親友になった[13]」のだ。当時のラルボーはまだ前記の『リトル・レヴュー』誌に連載されていたジョイスの「ユリシーズ」を読んではいなかったので、ビーチは翌年の2月、この作品の掲載された同誌のバック・ナンバーをラルボーに貸し与えた。そしてラルボーは直ちにそれらを読み始めた。その時の模様を、後日あるインタビューに答えて、次のように語っている。

　　家に帰ると、私は睡眠のための洒落た準備というつもりでそれを読み出したのでした。思いがけない喜びでした。最後の号を読むのを諦めた時、夜が明けかかっていました[14]。

　そしてラルボーは、ビーチのもとに次のような文面の手紙を書き送ったのであった。

「ユリシーズ」を読んでいます。本当に他のものは何も読むことができません、他のことは何も考えることさえできません[15]。

　こうしたラルボーの熱烈な賞賛の表明を機に、彼とジョイスの親交は始まったと言ってよいであろう。同年5月中頃から9月末までの4か月余り、イギリス等に長期滞在するためにパリを離れることになったラルボーは、「ユリシーズ」の執筆に専念してもらおうと、パリの自宅をジョイス一家に提供した。一方ジョイスの方では、「ユリシーズ」の新たな章節を書き上げるや、それをラルボーに示し、時には彼の意見を求めもした。次に掲げるのは、ジョイスの1921年10月20日付けのラルボー宛て書簡の一節である。

　　親愛なるラルボー。「ペネロペイア」挿話をここに同封します。まだ字句の修正もせず、不完全なままですが、大体の感じをつかんでもらうには、これでおそらく十分でしょう。貴兄に気に入ってもらえることを望みます[16]。

　こうしてこの年の11月初め頃には、ラルボーは余人に先立って大作「ユリシーズ」の全貌を知り得ていたのであり、また一方彼は、*La Nouvelle Revue Francaise* 誌のために「ジョイス論」を準備しつつあったのだった。

2　ラルボーのジョイスに関する批評

（1）ジョイスに関する講演

　ラルボーが準備していた上記論文は、*N.R.F.* 誌に掲載される[17] のに先立って、1921年12月7日、前章で言及したアドリエンヌ・モニエ主催の文芸講演会の席で発表されることになった。後述するように、モニエは後にジョイスの『ユリシーズ』のフランス語訳の刊行者となるのであり、ビーチやラルボーに加えてモニエと交渉を持てたことが、パリに来たジョイスにどれほどの恩恵をもたらしたかは計り知れない[18]。

　さてこの講演会の冒頭、立錐の余地なく詰めかけた聴衆[19] を前に、ラルボーはこう語り始める。

94

　2、3年前からジョイスは、同世代の作家たちの間で奇妙なことに有名となっています。いかなる批評家もまだ彼の作品を取り扱ってはおりませんし、イギリスやアメリカの最も文学に通じた一部の人たちが、ようやく彼のことが話題になっているのを耳にするようになったばかりです。しかしながら専門家の間では、フロイトやアインシュタインの名前や理論が科学者の間でそうであるのと同じく彼の名が知られており、彼の作品が論議されていると申しても過言ではありません[20]。

　このようにジョイスを紹介したラルボーは、本講演の目的について次のように述べる。

　私はこれからジェイムズ・ジョイスの作品をできるだけ正確に描いてみようと思っています。しかしながら作品について批評をしようというつもりはないのです。つまり、これが初めての試みになるでしょうが、その作品のあらましを明らかにし、というよりも、明らかにしようと努め、作品になじめない、あるいはまだなじみのない読者に、その作品について少しははっきりとした印象を与えることができればと思っているのです[21]。

　まずは非常に謙虚な語り口だが、しかし以下の彼の論述に耳を傾けてみれば、それは決してジョイスという作家およびその作品の単なる紹介に留まらない、きわめて重要な内容を含むものであったことが理解されるであろう。

　さて、ラルボーはまずジョイスの家系を紹介し、こう述べる。

　彼は古い家柄のアイルランド人であり、カトリック教徒です。すなわち、スペインやフランスやイタリアに対してはある程度の親近感を覚えるのに対し、イギリスは異国であり、何物も言語の共通性さえも親しみを与えてくれない、そういうアイルランドの出身なのです[22]。

　そして、ジョイスがカトリックのイエズス会系の学校で教育を受け、イエズス会の教義が彼の精神の深部に抜き難い影響を留めていることを、ラルボーは以下のように指摘する。

　彼自身、彼の精神がイエズス会の神父たちによって与えられた教育の痕跡を留めていることを喜んで認めておりますし、知的な面において彼らに多くを負っていることを認めてもいるのです。それに——今ははっきりと申せますが

ヴァレリー・ラルボーとジェイムズ・ジョイス　　95

　　――、ジョイスが人間の本性のうちで最も賤しいとみなされてきた本能を描き
　　出し登場させる際のあの大胆さと仮借のなさは、『芸術家の肖像』を批評した何
　　人かの人たちが述べたのとは異なって、フランスの自然主義者たちに由来する
　　のではなく、教団の偉大な決疑論者たちが彼に示した先例に倣ったものではな
　　いかと私には思われるのです。『プロヴァンシャル』のいくつかの箇所、とりわ
　　け姦通や姦淫が取り上げられている箇所をご記憶の方なら、私の言わんとする
　　ところをご理解いただけるものと思います。「悪徳防止協会」が軽罪裁判所に告
　　発したのは、実はジェイムズ・ジョイスの蔭にいるエスコバルやサンチェス神
　　父であるように思われるのです。これらの偉大な決疑論者たちから、ジョイス
　　は不敵な冷厳さと、肉の弱さに関して世間の思惑など一切顧慮しない彼らと同
　　様の態度とを受け継いでいるのです[23]。

　ジョイスの精神における「イエズス会の神父たちによって与えられた教育の
痕跡」に関しては、ラルボーやジョイスと親交のあったドイツの文芸学者エル
ンスト・ローベルト・ クルツィウスErnst Robert Curtius（1886-1956）も、
その論文「ジェイムズ・ジョイスと彼の『ユリシーズ』」"James Joyce und
sein Ulysses"において次のように述べている。

　　　イエズス会の心霊修業が高度の心理学的巧妙さをもって教義上の真理を感性
　　的に具象化し、それによって信者の想像力に働きかけることはよく知られてい
　　る。（中略）ジョイスは『若い芸術家の肖像』のなかで、彼が一人の司祭に語ら
　　せる地獄の描写において、そのみごとな見本をしめしている[24]。

　また上記の引用部でラルボーが解説している「決疑論者」（casuiste）とは、
キリスト教やカトリック教会の道徳規範を良心問題の個別事例に適用する方法
を研究した神学者のことを指すのだが、近世の決疑論者の説くところによれば、
信仰の命ずる規範に形式的に合致してさえいればどのような行為も許容される
とされたのだった。ラルボーが言及しているエスコバルAntonio Escobar y
Mendoza（1589-1669）はスペインのイエズス会士だが、«escobar» は後にフ
ランス語において普通名詞化し、「詭弁家」や「偽善者」を意味する語となっ
た。そしてエスコバルら、イエズス会の決疑論者たちに敢然と抗して論陣を
張ったのが、フランスのジャンセニスト、ブレーズ・パスカルBlaise Pascal

（1623-62）であった。ラルボーが言及している『プロヴァンシヤル』Les Provinciales（1656-57）は、そのパスカルがイエズス会の圧迫からジャンセニスムを擁護する目的で著した18通の書簡体の論文であるが、たとえばその「第9の手紙」において、フランスのエチエンヌ・ボーニー Etienne Bauny（1564-1649）の『罪悪大全』Somme des péchés qui se commettent en tous états（1630）を以下のように痛烈に批判しているのである。

> また、148頁にはこんな道徳規則が出ているんだが、これにはきみも驚くだろうよ。むすめたちが、両親のゆるしなく、処女を失っていい権利があるっていうんだからな。神父のことばどおりにいえば、こうだ。「むすめが同意してしたことであれば、たといその父親に苦情を申し立てる理由があったとしても、むすめも、また、むすめが身をまかせた相手の男も、父親に害を与えたことにはならず父親の権限をおかしたことにもならない。なぜなら、その肉体と同じく処女性も、むすめの所有に属するものであって、死なせたり、手足をたち切ったりするのでなければ、自分の好きなように扱ってさしつかえないからである。」あとは、おして知るべしだ[25]。

　このようにパスカルが批判した決疑論者たちの道徳観や性本能に対する見方をジョイスも受け継いでいるとラルボーは指摘しているのだが、上記引用部の末尾にあるように、イエズス会の決疑論者を引き合いに出してジョイスの性描写を論じたのには、アメリカの『リトル・レヴュー』誌に連載されていた「ユリシーズ」が合衆国で猥褻文書として有罪判決を受けた（1921年2月）ことに対するラルボーなりの弁護の意図が込められていたと考えられる。

　続いてラルボーは、先に強調したジョイスのアイルランド性に立ち戻り、以下のように指摘する。

> アイルランド人としてジェイムズ・ジョイスは、1914年から最近までイギリスとアイルランドの間で戦われた紛争に実は加わりはしませんでした。彼はいかなる党派にも属していません。したがって彼の書物はどの党派からも気に入られるものではなく、彼はナショナリストたちからも統一派からも非難される存在であるかもしれません。（中略）私たちに判断できる限りでは、ジェイムズ・ジョイスはアイルランドの政治状況について完全に公平な歴史的描写を示しています。彼の本の中に登場するイギリス人たちが、アイルランドの人物た

ちによって外国人や、時には敵として扱われることがあるとしても、アイルランド人の理想像などはどこにも示されることはないのです。結局のところ、彼は弁護などしないのです。しかしながら、『ダブリンの人々』、『若い芸術家の肖像』や『ユリシーズ』を書くことによって、アイルランドのナショナリズムのあらゆる英雄たちと同様に、すべての国の知識人たちの敬意をアイルランドに集めたことを認めなければなりません。彼の作品は芸術的特性と知的アイデンティティをアイルランドに取り戻させた、というよりもむしろ若きアイルランドに与えたのです。(中略)つまりジェイムズ・ジョイスの作品によって、とりわけまもなくパリで出版されることになるこの『ユリシーズ』によって、アイルランドはヨーロッパの高度な文学の中に素晴らしい帰還を行うと申すことができましょう[26]。

さて、講演は続いて『室内楽』 *Chamber Music* (1907)、『ダブリンの人々』 *Dubliners* (1914)、『若い芸術家の肖像』に関する各作品論に移っていくことになるが[27]、まず詩集の『室内楽』については以下のように紹介される。

　彼の最初の作品はいずれも1ページにも満たぬ36の詩編から成る詩集です。(中略) 一見したところ、それは恋愛を主要なテーマとした抒情的な小詩編と見られました。しかしながら識者、とりわけアーサー・シモンズは即座にそれが何であるかを見抜いたのです。『室内楽』という表題のもとに慎ましく提示されたこれらの短詩は、エリザベス朝の小曲という偉大な伝統を継承し、より正確に申せば、それをよみがえらせたのでした。(中略) 彼はダウランドやキャンピオンと同じ韻律法に従い、彼らと同じように、恋の名のもとに、生きる喜び、健康、優しさや美しさを歌い上げるのです。そしてそれでいて、表現においても感情においても近代的であり得たのです[28]。

そして、ラルボーは続けてこう述べる。

　ジェイムズ・ジョイスのその後の作品にも抒情詩人の姿を見出すことはできるでしょう。しかしそれは間欠的にであり、いわば付随的にでしかないでしょう。彼はこうした段階を通り越してしまうことでしょう。人生の別の側面、思考や想像力の別の形態が彼の心を引き付けることになるでしょう。(中略) これらの詩編の最後のものを創作し、そのうちのいくつかに彼自身によって、あるいは友人たちによって曲が付けられていた頃には、すでにジョイスの想像力は次第にそうした人生の別の方面に、歌謡のテーマとなり得るような感情よりも

重々しく人間的な方面に向きを変えつつあるのでした。さまざまな人間、男や女、要するに、彼の師であったイエズス会士たちが彼に霊魂と呼ぶことを教えたものを表現し描く欲望に彼が次第に取りつかれていくように感じていたと申し上げたいのです[29]。

次にラルボーは短編集『ダブリンの人々』の解説に進み、この作品の出版が難渋した事情について以下のように述べる。

　　まず第一に、ダブリンの全市街がそこには正確に再現されています。すなわち、通りや広場は実名のまま出てくるだけでなく、商店の名前も変えられておらず、名士たちは自分たちがモデルになっていると思い込み、抗議することもできたのです。しかし、とりわけ選挙管理委員会の部屋におけるパーネルの追悼会を描いている短編では、ダブリンのブルジョワ、ジャーナリスト、選挙運動員たちが自由に政治について話し、アイルランドの自治について意見を交わし、ヴィクトリア女王やエドワード7世の私生活についてかなり敬意を欠いた、というより非常に馴れ馴れしい見解を述べているのです。『ダブリンの人々』の出版を誰よりも望んでいた出版者をもためらわせたのはまさにそのためなのです[30]。

続いてラルボーは、この作品およびジョイスと自然主義との関係について次のように指摘する。

　　この最初の散文作品のジョイスに最も近いのはわが国の自然主義者です。とはいえ、彼を遅れてきた自然主義者、フロベールやモーパッサンやメダンのグループの英語による模倣者や普及者とみなすことは差し控えるべきでしょう。（中略）というのも、たとえ彼が自然主義から出発したことを認めるとしても、やがて彼はこの主義から自由にはならなかったにせよ、それを完成し、『ユリシーズ』の中ではもはや自然主義の影響は認められず、むしろジョイスが読んだことのないランボーやロートレアモンが想起されるほどに、その教えを馴化させたことは認めないわけにはいかないからです[31]。

このように『ユリシーズ』にランボーやロートレアモンを重ね合わせるというラルボーの対比の仕方は決して単なる恣意的な思いつきに留まるものではなく、むしろ彼の優れた批評眼と洞察力とを示すものであろう。このジョイスの大作が、神話の使用を始めとする象徴主義的な方法、言葉の音やイメージや意

Ⅳ　ヴァレリー・ラルボーとジェイムズ・ジョイス　99

味の可能性を極限まで窮めるための言語的諸実験、1904 年 6 月 16 日のダブリ
ン市の忠実な再現を目指すレアリスム的手法、そして性本能を含む人間精神の
深部を抉り出そうとする自然主義的手法等々の複合的なアマルガムであること
は、後のジョイス研究者たちによって明らかにされてきたところだからである。
このような指摘にもラルボーの批評家としての非凡な直感力を認めざるを得な
い。

　そしてラルボーは、『ダブリンの人々』の最後の短編「死者たち」"The
Dead"に『ユリシーズ』の上記の手法の萌芽を認め、以下のように指摘する。

　　　15 編の短編のうちの最後のものは、おそらく手法の点で最も興味深いもので
　　す。他の短編と同様にジョイスは、読者に訴えることなく書くこと、聴衆に背
　　を向けて物語ることという自然主義の規範に従っています。しかし同時に、そ
　　の構成の大胆さ、導入部と結末の間の不均衡によって未来の革新を予告してい
　　るのです。やがて彼はほとんど完全に叙述を放棄し、その代わりに対話、事実
　　や色彩や匂いや音についての論理的脈絡を欠いた綿密な記述、人物たちの内的
　　独白、そして問い、答え、問い、答えといった教理問答から借用した形式に至
　　るまで、これまで使われていない、時には小説家たちに知られていないような
　　形式を用いることになるでしょう[32]。

この箇所のラルボーの指摘も非常に的確である。

　さて、続いてラルボーは『若い芸術家の肖像』に話を進め、次のように述べ
る。

　　　主人公――芸術家――はスティーヴン・ディーダラスと名付けられています。
　　（中略）ここで私たちはジョイスの作品の難解さの一つに直面することになりま
　　す。すなわち、『ユリシーズ』でも見出すこととなり、この比類ない書物のまさ
　　に骨組みとなるであろう、彼の象徴体系にです。
　　　そもそもスティーヴン・ディーダラスという名前からして象徴的です。彼の
　　守護聖人は最初の殉教者である聖ステファヌスですし、その苗字はダイダロス、
　　すなわちクレタ島の迷宮の建造者であり、イカロスの父親なのです。しかし作
　　者の頭の中では、彼はさらに他の二つの名前を持ち、二人の異なった人物の象
　　徴なのです。その名前の一人はジェイムズ・ジョイスです。スティーヴン・
　　ディーダラスの幼年期と青年期は、明らかにジェイムズ・ジョイスの幼年期と

青年期です。（中略）最後にスティーヴンは、ジョイス自身がそうしたように、勉学を続けるためにパリに旅立つのです。しかしながら、彼はまた——やがて『ユリシーズ』で見るように——テレマコスでもあります。すなわち、その名が「戦いを離れて」を意味する男、行動の人を動かす利害や欲望の争いから離れている芸術家であり、知り理解し表現するという使命にあらゆる精力を使い果たし、受け身の立場に立ち続ける学問の人であり、想像力の人なのです[33]。

そして、この作品と自然主義との関係について次のように述べる。

『若い芸術家の肖像』を取り上げたイギリスの批評家たちは（中略）またしても自然主義やレアリスムについて語ったのでした。でもそれは見当違いだったのです。（中略）
いいえ、こうした批評家たちは道を間違えてしまったのです。『若い芸術家の肖像』以降、ジョイスは彼自身なのであり、それ以外の何者でもないのです[34]。

そしてこの作品の手法に関し、以下のように指摘する。

『肖像』の文体は『ダブリンの人々』よりも豊かで柔軟です。内的独白と会話が次第に叙述に取って代わります。私たちはますます頻繁に人物たちの思考の内部に連れて行かれます。私たちはこうした思考が形成されていくのを目にし、そのあとを追い、感覚が意識に到達するのに立ち会うことになります。そして、人物が誰か、何をしているのか、どこにいるのか、彼のまわりで何が起こっているのかを私たちが知るのは彼の思考を通してなのです。イメージやアナロジーや象徴の数は増えていきます。（中略）もっともこうしたことのすべては、『若い芸術家の肖像』よりも『ユリシーズ』においてはるかに見事に適用されているのですが[35]。

これに続いて、ラルボーはいよいよ本講演のクライマックスとなる『ユリシーズ』に論を進めることになる。まずラルボーはこの作品の枠組みについて以下のように解説する。

『オデュッセイア』をしっかりと思い浮かべることなく『ユリシーズ』を読み始める読者はかなり困惑してしまうでしょう。（中略）というのも、文学に通じていない、あるいはあまり通じていない読者なら、3ページも読めば『ユリシーズ』を投げ出してしまうだろうからです。（中略）実際のところ、読者は名

付けられても描写されてもいない場所で、見分けもつかない人物たちの間で交わされる支離滅裂と思われる会話のただ中に放り込まれるのです。そして徐々に自分がどこにいるのか、対話者が誰なのかがわかってくるのはこうした会話を通してなのです。そしてこの本は『ユリシーズ』という題名です。でも登場人物の誰もそのような名前を持っておらず、ユリシーズという名前さえ作中に4回現れるだけなのです。しかしついには多少ともはっきりと見通すことができるようになってきます。偶然に自分がダブリンにいるということがわかってくるでしょう。パリから帰って来て、アイルランドの首都の知識人たちの間で生活している『若い芸術家の肖像』の主人公、スティーヴン・ディーダラスの姿を認めることになります。三つの章の間、読者は彼のあとを追い、彼が行動するのを見、彼の考えに耳を傾けることになるでしょう。(中略) それから第4章で読者はレオポルド・ブルームという人物のことを知り、日中と夜の一部まで、すなわち15章にわたって、同じく一歩一歩彼のあとを付けることになるでしょう。この15章が最初の3章と合わさって、ほぼ800ページに及ぶこの本の全体を構成するわけです。このようにこの本はわずか一日のことを物語っているのであり、もっと正確に言えば、朝の8時に始まり、深夜の3時頃に終わるのです。(中略)

　ブルームのあとを付けると申しました。事実、起床とともに彼の姿をとらえ、まだ十分に目覚めていない妻のモリーを残してきたばかりの寝室から台所まで、それから玄関口の部屋、用を足しながら古い新聞を読み、文学の構想を練るトイレへと彼について行きます。それから彼は肉屋へ行き、朝食のために腎臓を買います。そして帰り道で下女の腰に興奮を覚えます。再び台所に戻ると、腎臓をフライパンに入れて火にかけます。それから上階にいる妻のところに朝食を運び、妻としゃべりこみます。肉の焦げる臭いがして、慌てて台所に降りていきます。こんな風に続いていきます。そして再び通りに出て、浴場に行き、葬式に参列し、新聞社の編集室に行き、レストランで昼食を食べ、図書館に行きます。コンサートが行われているホテルのバーに行き、海岸に行きます。産院に行って女友達の消息を聞き、友人たちに出会います。娼婦街や売春宿に長時間留まり、残っていたかもしれないわずかばかりの威厳を失い、アルコールと疲労によって引き起こされた陰鬱な妄想に陥り、そしてついに再会したスティーヴン・ディーダラスと一緒にそこから出て行き、彼とともにその日の最後の2時間、すなわちこの本の第16章と第17章を過ごします。そして最後の章は、その脇に寝ようとして目を覚まさせた妻の長い内的独白で満たされるのです。

　こうしたことはすべて、先程お話ししたように私たちに物語られるわけでは

ありません。この本は単にダブリンにおけるスティーヴンとブルームの一日の詳細な物語というだけではないのです。それは多数の他の事柄、人物、事件、描写、会話、幻想を含んでいます。しかし私たち読者にとっては、ブルームとスティーヴンは、それに乗ってこの本を通り抜けていく車のようなものなのです。彼らの想念の内部や、時には他の人物たちの思考の中に身を置いて、私たちは彼らの目や耳を通して彼らのまわりで起こっていることや話されていることを見たり聞いたりするのです。（中略）ブルーム、スティーヴン、そして他の幾人かの人物たちは、ある時は一緒に、またある時は別々に主要人物となり、彼らの一日の物語やドラマや喜劇は彼らを通じて展開していくのです。したがって次のことを認めなければなりません。すなわち、これら18の章のそれぞれが他のすべての章と形式や言語において異なっていようとも、それらはやはり組織された一つの全体、一つの書物を形成しているということをです。

こうした結論に到達するや、これらのさまざまな部分の間のあらゆる種類の符合、類似、照応といったものが私たちに見えてくるのです。（中略）初めは、記号、言葉、事実、深遠な思想、おどけ、壮麗なイメージ、馬鹿らしさ、喜劇的あるいは劇的状況の光り輝いてはいるが、錯綜した塊と思われていたものの背後に、象徴や意図やプランを発見したり予感し始めるのです。そして私たちは思っていたよりもはるかに複雑な本を前にしており、恣意的で、時には突飛だと思われたことのすべてが実は意図され熟考されたものであり、私たちはおそらく謎解きの書物を前にしているということを理解するようになるのです[36]。

だがここまで論を進めてきたラルボーは、『ユリシーズ』の「謎解き」に着手する前に、ジョイスとユリシーズ（オデュッセウス）との関わり合いについてこう語る。

まだ神父たちのもとにいた子供の頃に、彼は『オデュッセイア』の翻訳の中に垣間見ただけのユリシーズに自分が惹かれていくのを感じていました。それである日のこと、先生がクラス全員に対して「諸君の好む英雄は誰か」というテーマを出した時、彼のクラスメートたちはアイルランドの国民的英雄やアッシジの聖フランシス、ガリレイ、あるいはナポレオンといった偉人たちの名前を挙げたのですが、彼だけは「ユリシーズ」と答えたのでした。（中略）こうして好きな英雄にユリシーズを選んだということはジョイスにとっては子どもの気紛れではありませんでした。彼はラエルテスの息子に忠実であり続け、青年期には、ギリシャ語が好きだとか、ホメーロスの詩がとりわけ彼を引き付けた

からというのではなく、ユリシーズを愛するが故に『オデュッセイア』を読み返したのです。彼の創作の作業はこの時期に開始されたに違いありません。ジョイスはユリシーズを原作の外に、とりわけ批評や学問が原作のまわりに積み上げた巨大な城砦の外に引き出し、時間の中で彼と結び付こう、彼のところまで遡ろうとする代わりに、ユリシーズを自分の同時代人、理想の仲間、自分の精神上の父親としたのでした。(中略)

　ユリシーズは人間、すなわち英雄叙事詩のあらゆる英雄の中でもこの上なく人間的な人間であり、小学生ジョイスの共感を呼んだのも何よりもその性格なのです。それから少しずつユリシーズを自分自身に近づけていきながら、青年詩人は彼の英雄のあの人間性、人間的で滑稽で、しかも悲壮なあの性格を再創造したのです。そしてそれを再創造することによって、彼はユリシーズを彼の眼前にあり、彼自身のものでもある生活環境の中に、つまり錯綜した近代生活の営まれる今日のダブリンに、信仰と知識と現代の諸問題の只中に置いたのです。

　ユリシーズを再創造したからには、彼は当然のことながら『オデュッセイア』の中で近いにせよ遠いにせよ、ユリシーズに関わりのあるすべての人物を再創造しなければなりませんでした。そこから、(中略) 近代的な『オデュッセイア』を再創造するまでにはあと一歩乗り越えるだけでよかったのです[37]。

　この一節には、ジョイスにおける、いわば「新オデュッセイア」創造の契機とプロセスがあたかもジョイス自身の口を通してでもあるかのようにきわめて生き生きと語られていよう。

　さて、ラルボーはこれに引き続いていよいよ『ユリシーズ』とホメーロスの『オデュッセイア』との構造上の照応および前者の内部構造の分析に踏み込んでいく。

　おおよそのプランを図式的に示してみると、次のようになりましょう。最上部にテレマコス編に当たる3つのパネル、その下に12の挿話、そして一番下に帰還の3つの挿話といった具合です。全部で18のパネル——18の短編から成り立っているわけなのです。

　ジョイスはここから出発して、『オデュッセイア』をすっかり見失ってしまうことなく、これら18のパネル、すなわち挿話のそれぞれの内部に独自のプランを作り上げています。

　こうして各挿話は一つの学問や独自の科目を扱い、独自の象徴を含み、人体

104

の定まった一つの器官を象徴し、独自の色彩と固有の技法を有し、エピソード
として一日のいずれかの一時間に対応することになるのです。
　それだけではありません。こうして分割されたそれぞれのパネルの中に、作
者はさらに独特な新しい象徴と照応を加えるのです[38]。

　そしてラルボーは、その具体例として第7挿話「アイオロス」を取り上げ、
次のように解説する。

　場所は新聞社の編集室、時刻は正午、照応する器官は肺、取り扱われる科目
は修辞学、色彩は赤、象徴的な形象は編集長、技法は省略三段論法です。対応
するものを挙げていきますと、人物のうち一人はホメーロスのアイオロスに当
たります。近親相姦はジャーナリズムになぞらえられ、アイオロスの浮島とは
新聞のことです。3日前に急死し、レオポルド・ブルームがその埋葬式に赴い
た（これはハーデスの国への道行きの挿話となっています）ディグナムと呼ば
れる人物はエルペノルに当たるのです[39]。

　ここにラルボーが「アイオロス」挿話を例に取って試みている『ユリシーズ』
の複雑な象徴性の解明は、言うまでもなく後にスチュアート・ギルバート
Stuart Gilbert（1883-1969）の手によってより精緻な形で完成させられるもの
であり[40]、今日ではある意味で常識に属する事柄であるかもしれない。しかし
ながら、ラルボーのこの講演の日付を再度思い起こす必要がある。すなわちそ
れはこの作品が単行本で刊行される2か月前のことであり、この作品の原稿が
一応完成してからもまだ1か月余りしか経過していない時点のことだったので
ある。これだけの時間的制約の中で、「アイオロス」の分析に示されたような
的確で深い洞察をラルボーがなし得ていたことはやはり驚嘆に値する。この講
演会の主催者としてラルボーの準備作業を見守ってきたアドリエンヌ・モニエ
も、次のように述べている。

　『ユリシーズ』のようなテクストが含み持つ難解さをよくよく考慮に入れてみ
るならば、ラルボーのなした偉業には驚かずにはいられない。彼の研究はジョ
イスの作品についてなし得る最も完璧で最も包括的な分析であり、おそらくは
将来にわたってそうあり続けるだろうと思われるだけになおのことである。ど
のようにしてラルボーはこれほどわずかな時間のうちに、しかも彼以前のいか

IV　ヴァレリー・ラルボーとジェイムズ・ジョイス　105

なる研究の助けも借りずに、作品の中からこれほど明確で密度の濃い素晴らしい本質を引き出し得たのだろうか[41]。

また、『ユリシーズ』が刊行された後に雑誌等に現れた書評の多くがあまりにもこの作品についての無理解を呈していたことを嘆きながら、ジョイスは、彼の援助者であり[42]、*The Egoist* 誌の編集者であったイギリス人の女性、ハリエット・ショー・ウィーヴァー Harriet Shaw Weaver (1876-1961) に宛てた手紙（1923年2月6日付け）の中にこう書いている。

　　二つの作品の照応についてラルボー氏が与えた手掛かりに従った批評家が一人もいないというのは奇妙な話です。うまくでき過ぎていて真実味がないとでも思っているのでしょうか[43]。

さらにまた、T.S. エリオットも次のように述べている。

　　ヴァレリー・ラルボー氏の貴重な論文（中略）を別にすれば、ぼくが読んだ限りでは、この作品に用いられている方法（『オデュッセイア』との相似、各章におけるさまざまの適切なスタイルおよびシンボルの使用）の重要性を正しく評価している批評は一つとしてなかった[44]。

これらの証言を考え合わせてみれば、ラルボーのこの講演の先駆性、その画期的な意義はいよいよ明白なものとなるに違いない。ラルボーは所謂「ジョイス学」の礎石を据えたと言ってもあながち過言ではないのである。

そして同時に、このラルボーの講演によってこそ初めてジョイスはフランスに、ひいては全世界に真に紹介され得た事実も強調しておかなければなるまい。シルヴィア・ビーチは書いている。

　　この朗読会はジョイスにとってひとつの勝利だった。それは彼の人生でまさに最大の試練を迎えていた時期にあって、彼にとって非常に大きな贈り物だった。ラルボーの温かい賛辞と、彼の『ユリシーズ』の抄訳の朗読、ジミー・ライトの「セイレン」の挿話の素晴らしい演出――これらすべては聴衆からさかんに拍手喝采を受けた。ラルボーがジョイスを捜し回って、奥の部屋のカーテンの裏にいたジョイスを見つけ、顔を赤らめながら彼を引き出してきて、その両頬にフランス式のキスをした時、喝采は一層激しくなった[45]。

事実、このラルボーの講演を機に、やがてシェイクスピア・アンド・カンパニイ書店から刊行される運びとなっていた『ユリシーズ』の予約申し込みが殺到したのである。そしてまたジョイス自身も、このラルボーの講演原稿がN.R.F. 誌に掲載されるや、「ラルボー氏の論文は当地で非常なセンセーションを巻き起こしています[46]」とウィーヴァー宛の手紙（1922年4月10日付け）に記すのである。こうして次第にジョイスは世界的な名声と栄光とを勝ち得ていくことになるのだが、その端緒を開いたものとして、フランス人ヴァレリー・ラルボーの講演の意義はまことに大きかったと言わねばならない。

（2）他の論考など

その後もラルボーはジョイスのために尽力を続けるが、たとえば批評家のフレデリック・ルフェーヴルFrédéric Lefèvre（1889-1949）との対談において、次のようにジョイスの『若い芸術家の肖像』を評価している。

> 『ディーダラス』〔『若い芸術家の肖像』〕は偉大な作品で、今やジョイスは英語文学のすべてと言ってもいいくらいです。（中略）『ディーダラス』は『感情教育』やヴァレスの三部作の系統に属しています。それは自己を乗り越え、自らの社会的環境、教育、そして国籍までも乗り越えようとする精神の物語なのです。そしてそこにこそ、ジョイスがきわめてアイルランド的でありながら、偉大なヨーロッパ人でもある所以があるのです[47]。

そして続けて、以下のように最大限の賛辞をジョイスに呈する。

> すべての現代作家の中で一人しか後世に残ることができないとしたら、それはジョイスだとためらうことなく断言できるほど、私のジョイスに対する賞賛の念は大きいのです[48]。

だが、このようなラルボーの骨折りと賞賛のお蔭でジョイスや『ユリシーズ』に対する評価が急速に高まってきた一方で、ラルボーに反論を唱え、ジョイスを批判する批評家も出てきた。その一人が、ジョイスと同じくアイルランド出身の批評家で、『アイルランドの文芸復興』Ireland's literary Renaissance（1923）を著したアーネスト・ボイドErnest Boyd（1887-1946）であった。ボ

イドの批判に対して、ラルボーは*N.R.F.* 誌の1925年1月号の巻頭に「ジェイムズ・ジョイスと『ユリシーズ』について：アーネスト・ボイド氏への反駁」« A propos de James Joyce et de « Ulysses »: Réponse à M. Ernest Boyd »を載せている。以下にその要点を見てみることにしよう。

　ラルボーはまず、ボイドが「『ユリシーズ』の賛美者だと公言しながら、2年来、ジェイムズ・ジョイスについて読者に語るたびごとに執拗に私を攻撃し続けている[49]」と述べる。そしてラルボーは、ボイドのラルボー批判の矛先が彼の「アイルランド英語文学に関する途方もない無知[50]」に向けられていると述べるが、そうした非難は、「私の講演の表現の不完全な引用と、私が言い表したいと考えたことを聴衆や読者に感じ取らせるために私が用いた比喩に対して彼が与えた解釈によるもの[51]」に過ぎないと反論する。またラルボーは、ボイドの「ジョイスを、彼がその支流であるところの潮流から切り離そうとして現在なされている努力はこの上なく無意味である[52]」というような発言を問題にする。ボイドに言わせれば、このような「無意味」な「努力」を行っているのはもちろんラルボーということになるわけだが、このようなボイドの所論に対して、ラルボーは次のように反論するのである。

　　将来のアイルランド英語文学を研究する文学史家にとっては、その「潮流」こそはジョイスの作品となるであろうし、「支流」とは1889年以降、英語系アイルランド文学においてそれに先立ったあらゆるもののことになろうと私には思われるのである[53]。

　19世紀末に始まる「アイルランド文芸復興」以降を現代アイルランド文学の主潮ととらえるアーネスト・ボイドの認識に対し、ラルボーはジョイスこそが現代アイルランド文学の創始者であり、「文芸復興」期を含め、それに先立つものはジョイスに始まる現代文学の「潮流」を準備する前段階の「支流」に過ぎなかったと主張したのである。したがって、このような認識のラルボーにとっては、いくら「『ユリシーズ』の賛美者だと公言」しようとも、ボイドの立場はジョイスの歴史的価値を矮小化するものと映り、根本的な反論を行う必要性を感じたのであろう。

3　ラルボーと『ユリシーズ』の翻訳

（1）ラルボーとフランス語訳『ユリシーズ』

　さて、上記の1921年12月のジョイスに関する文芸講演会では、ラルボーによる講演に加えて、『ユリシーズ』の原文の一部の朗読[54]とそのフランス語訳が披露された。そこで発表された「テレマコス」、「セイレン」と「ペネロペイア」の一節の翻訳はフランス語による『ユリシーズ』の初訳の栄誉を担うものとなったのだが、ラルボーは講演のみならず、このフランス語訳にも多大な貢献をなしている。この点につき、以下に少し触れておきたい。

　『ユリシーズ』のフランス語訳の話がアドリエンヌ・モニエの周辺で持ち上がったのはかなり早い時期のことだったようだ。彼女はその頃のことを次のように回想している。

　　　『ユリシーズ』の翻訳はほとんどすぐ、早くも1920年から1921年にかけて、ぜひともやらなければならないことと思われた。シルヴィア・ビーチがこの作品について話してくれた後、すぐさま私はそう思ったし、ヴァレリー・ラルボーも作品を読み終えて、ただちにそう考えたのだった。（中略）私たちの友人で英語が読めない人々も同様だった[55]。

だが、モニエは続けてこう書く。

　　　しかしいったい誰が翻訳するのか？　運命によって指名された最初の犠牲者は、結局のところヴァレリー・ラルボーだった。ジョイスが彼と知り合い、作家として翻訳者として、さらに私はこのように付け加えたいのだが、友人としても、彼がすばらしい資質の持ち主であることを認識した時、ジョイスの願いはただひとつだった。すなわち、彼に『ユリシーズ』を翻訳してほしいということである。そもそもこのような仕事ができるのは彼だけだったのだ[56]。

　このようなモニエの回想によっても、ラルボーが、ジョイスを含め、周囲の友人たちからいかに信頼を寄せられていたかがうかがえようが、ラルボーはいったんはモニエらからの要請を受諾したものの、結局はそれを引き受けることができなかった。というのも、『ユリシーズ』の翻訳が具体的に日程に上っ

たのは、ジョイスのための前記文芸講演会の日取りとその内容が決定された1921年10月頃のことであり、それから2か月ほどの短期間に、講演会当日に発表されるべき翻訳を完成させることは、ラルボーの力をもってしても不可能だったからである。当日に行われるジョイスに関する講演の準備こそ、彼にとっては何にも増して全精力を傾注しなければならない大仕事だったのだ。

そこで急遽ラルボーの代役として指名されたのは、Ⅲでも言及したジャック・ブノワ＝メシャンであった。彼は当時作曲家志望の学生であったが、前記の通り、前年の11月にラルボーが同じモニエ主催の文芸講演会でサミュエル・バトラーについて講演を行った際に、このイギリス人作家の作曲した曲のいくつかをピアノで演奏したことがあり、ラルボーとも懇意の仲であった。さらに彼は文学にも興味を有し、英語やドイツ語も堪能であったから、若輩ながらラルボーの代役にはうってつけの人物だったのである。

かくしてブノワ＝メシャンに翻訳のバトンは渡され、彼はラルボーによって選ばれた『ユリシーズ』の断章のフランス語訳に取り掛かった。そしてジョイスからの要請に基づき、ラルボーの親友でもあったレオン＝ポール・ファルグもこの作業に加わり、ファルグはとりわけこれらの断章の卑語の翻訳を担当することとなった。

ラルボー自身は直接翻訳に携わる立場ではなくなったが、彼には、友人たちによって遂行されるこの訳業の最終的な監修者の役目が割り当てられたのである。しかしこの監修者の役割が彼に思わぬ難儀をもたらすことになる。訳者たちの作業が遅滞に遅滞を重ね、講演会の5日前になっても、ラルボーは、「翻訳が届きません！水曜日〔講演会当日〕にまったく間に合いそうもありません[57]」とモニエに向かって嘆かなければならない有様で、このラルボーの窮状は実に本番の直前まで続き、監修者として訳稿の修正や推敲を行わなければならなかったのである。

だがこのようなラルボーの献身的な大奮闘のお陰で、これらの断章のフランス語訳は講演会の席で無事披露された。これらの翻訳は当初、ラルボーの講演とともに翌年（1922年）の*La Nouvelle Revue Française*誌4月号に掲載される予定であったが、ラルボーの講演原稿は掲載されたものの、翻訳——先

110

にも記した通り、フランスにおける『ユリシーズ』の初訳であった――の方
は、残念ながら掲載には至らなかったのであった。

（2）ラルボーによる『ユリシーズ』のフランス語訳
　以上が『ユリシーズ』の最初のフランス語訳とラルボーとの関わりのあらま
しだが、それから2年余り経過した1924年の春、『ユリシーズ』の翻訳に新た
な局面が到来する。その頃ラルボーは、ポール・ヴァレリーPaul Valéry
（1871-1945）やレオン＝ポール・ファルグとともに編集責任者として、発行人
となるモニエらと、新たに創刊される文芸季刊誌『コメルス』Commerce の
発刊準備を行っていた。同誌の出資者となってくれたのはアメリカ生まれの
ド・バシアノ大公妃Princesse de Bassiano（1880-1963）であったが、この大
公妃から、『ユリシーズ』の断章のラルボーによるフランス語訳を創刊号にぜ
ひとも掲載してほしいとの要請が彼に対してなされたのである。実はラルボー
は2年程前の1922年3月24日にアドリエンヌ・モニエに対し、「翻訳というも
のから完全に手を引くことにしたからには、『ユリシーズ』の翻訳からも手を
引きます[58]」と宣言していたのだが、彼自身や仲間たちの良き理解者であり庇
護者でもあった大公妃のたっての願いであってみれば、さすがのラルボーも2
年前の「宣言」を撤回せざるを得なくなったのである。そこで、彼は「ペネロ
ペイア」の末尾――彼はそれが「内的独白」の最良の例と考えた――の翻訳を
引き受けることになり、「テレマコス」と「イタケ」の断章の翻訳は、新たに
オーギュスト・モレルAuguste Morel（1885-1978）に委ねられた。モレルは、
フランシス・トムソン、ジョン・ダンJohn Donne（1572-1631）、ウィリア
ム・ブレイクWilliam Blake（1757-1827）などのイギリス文学の翻訳者として
高い評価を得ていた人物であった。こうしてラルボーとモレルは精力的に翻訳
作業を遂行し、彼らの『ユリシーズ』のフランス語訳は1924年8月に発行さ
れた『コメルス』創刊号の誌面を飾ったのであった。これが印刷されたフラン
ス語訳『ユリシーズ』の第1号である。

　さて、ラルボーが『コメルス』誌創刊号に発表したフランス語訳は、上記の

Ⅳ　ヴァレリー・ラルボーとジェイムズ・ジョイス　*111*

通り、『ユリシーズ』の最終章「ペネロペイア」の末尾の部分である。その後
半部を以下に引用し、検討してみよう。

le jour ou je lai amene a se declarer oui dabord je lui ai donne le morceau
de gâteau aux amants que javais mordu cetait une annee bissextile comme
maintenant oui il y a seizeans [*sic*] mon Dieu apres ce long baiser javais
presque perdu le souffle oui il dit que jetais une fleur de la montagne oui
alors nous sommes des fleurs tout le corps dune femme oui pour une fois il a
dit vrai et le soleil brille pour vous aujourd'hui oui cest pour ça quil ma plu
parce que jai vu quil comprenait ou sentait ce quest une femme et jai
compris que je pourrais toujours le mener et je lui ai donne tout le plaisir
que jai pu pour lamener a me demander de lui dire oui et je ne voulais pas
repondre dabord je regardais seulement vers la mer et vers le ciel je pensais
a tant de choses quil ne savait pas sur Mulvey et M. Stanhope et Hester et
papa et le vieux capitaine Groves et les marins qui jouaient a chat-perche et
saute-mouton et laver la vaisselle comme ils disaient sur la jetee et la
sentinelle devant la maison du gouverneur avec la chose autour de son
casque blanc pauvre diable a moitie grille et les Espagnoles qui riaient avec
leurs chales et avec leurs hauts peignes et les encheres le matin les Grecs
les Juifs et les Arabes et le diable sait qui encore de tous les coins de
leurope [*sic*] et Duke Street et le marche a la volaille tout caquetant devant
Larby Sharons et les pauvres anes qui trebuchaient a moitie endormis et ces
gaillards vagues en manteaux qui dormaient dans lombre sur les marches et
les grandes roues de chars de taureaux et le vieux chateau qui a des milliers
dannees oui et ces beaux Arabes tout en blanc et en turban comme des rois
qui vous prient dasseyez vous place dans leur petit bout dechoppe [59]

次に、これに対応する原文および邦訳を引いておく。

the day I got him to propose to me yes first I gave him the bit of seedcake
out of my mouth and it was leapyear like now yes 16 years ago my God
after that long kiss I near lost my breath yes he said I was a flower of the
mountain yes so we are flowers all a womans body yes that was one true
thing he said in his life and the sun shines for you today yes that was why I
liked him because I saw he understood or felt what a woman is and I knew I

112

could always get round him and I gave him all the pleasure I could leading
him on till he asked me to say yes and I wouldnt answer first only looked
out over the sea and the sky I was thinking of so many things he didnt
know of Mulvey and Mr Stanhope and Hester and father and old captain
Groves and the sailors playing all birds fly and I say stoop and washing up
dishes they called it on the pier and the sentry in front of the governors
house with the thing round his white helmet poor devil half roasted and the
Spanish girls laughing in their shawls and their tall combs and the auctions
in the morning the Greeks and the jews and the Arabs and the devil knows
who else from all the ends of Europe and Duke street and the fowl market
all clucking outside Larby Sharons and the poor donkeys slipping half asleep
and the vague fellows in the cloaks asleep in the shade on the steps and the
bigs wheels of the carts of the bulls and the old castle thousands of years old
yes and those handsome Moors all in white and turbans like kings asking
you to sit down in their little bit of a shop [60]

　あの日あたしは彼に結婚をもうしこませたｙｅｓ最しょシードケーキを口う
つしで彼に食べさせてあれはうるう年のこと今年とおなじｙｅｓ16年前あああ
のながいキスのあとであたしは息がとまりそうｙｅｓあたしは山にさく花のよ
うだと彼は言ったｙｅｓそうあたしたちは花あらゆる女の体はｙｅｓあれは彼
がいままで言ったたったひとつの本とうのことそして太陽はあなたのためかが
やいているきょうもｙｅｓだからあたし彼が好きだってあたしにはわかった女
とはどういうものなのか彼にはわかっていることが感じ取っていることがそし
てあたしにはわかったいつだって彼をあやつれるということだからあたしはで
きるかぎりのあらゆるよろこびを彼に味あわせて彼を誘わくしてとうとう彼は
あたしにｙｅｓと言ってくれとそしてあたしははじめは答えようとしないでた
だむこうをながめて海や空のほうそれからそうあたしは考えていたとてもいろ
いろのこと彼の知らないことマルヴィのことそれからミスタスタナップそして
ヘスターそしてお父さんそして年よりのグローヴズ大尉それからすい兵たちの
ことさん橋で鳥まねとか降さんとか皿あらいとか言ってるあそびをしてたっけ
それから総とくかん邸の前の歩しょうの兵たい白いヘルメットのまわりに布き
れをつけてかわいそうねまるでお日さまのねつでやかれてるみたいそれからス
ペイン娘たちショールをかけて大きなくしをさして笑ってそれから朝のせりい
ちギリシア人とユダヤ人とアラビア人とそれから誰にもなんだかわからないと

にかくヨーロッパのすみずみから来たあやしげな人びとそしてデュークどおり
そしてラービーシャロンの店の近くの鳥いちばではあらゆる鳥どもがこっこっ
こっとよんでそしてかわいそうなロバい眠りして足をすべらしてそれからマン
トをはおって石だんの日かげで眠っているわけのわからない人たちそれから牛
をはこぶ荷車の大きな車の輪それからふるいお城なん千年も前のｙｅｓそして
あの男前のムーア人たちみんな白い服をターバンをまいて王さまのようで手前
どものちいさな店でおやすみくださいと言って[61]

　ラルボーの訳文において一見してすぐ目につくのは、コンマやピリオドなど
の句読記号が一切省かれていることであろう。とはいえ、これはジョイスの原
文自体に見られることであり、ラルボーはそれを忠実に写し取っただけとも考
えられよう。だが、ラルボーのフランス語訳はそれにとどまらない、原文の上
を行く斬新さを含んでいる。すなわち、そこでは句読点のみならず、通常のフ
ランス語の表記では不可欠のアクサン記号や省略記号（アポストロフ）までも
が消去されているのである。

　だが、このような斬新な試みの発案者はそもそもジョイス本人であったらし
い。アドリエンヌ・モニエはこう回想している。

　　　７月の初め、あらゆる種類の困難の張本人であり続けたいらしいジョイスが、
　　「ペネロペイア」の断章の翻訳から句読点を削除するだけでなく——それはすで
　　に削除されていた——、さらに文字の上のアクサン記号や省略記号まで削除し
　　た方がよかろうと言ってきたのである。ラルボーに手紙を書いて、意見を聞く
　　必要があった。（中略）私は正直なところ反対だった。句読点の削除に対してで
　　はなく——それは原文に合致したことだったから——、アクサン記号や省略記
　　号の削除に対してであった。それは論理的なやり方でなく、英語にはこうした
　　記号は元々ないからだった。そんなことをしたら、フランス語でもジョイスで
　　もなくなってしまうのだ[62]。

　しかしながら、彼の意見を徴するモニエの手紙に対し、イタリア滞在中のラ
ルボーから７月６日に届いた電報は、彼女の予想と期待に反し、「ジョイスノ
イウトオリ[63]」であった。「かくして『コメルス』創刊号ではそのように事が
運ばれ[64]」、句読点に加えて、アクサン記号や省略記号までも削除されたラル
ボーの訳文が掲載されたのである[65]。原作者ジョイスの提案によるものとはい

え、このような訳者ラルボーの訳文は、「ペネロペイア」で展開されるモリー・ブルームの深夜における半醒半睡状態での混沌とした回想を、そのカオスそのままに描出するのに有効であったと評せよう。

　ただし、訳語の選択等、細部に関してはやや問題のある箇所も散見される。たとえば、引用した冒頭の箇所で、ラルボーは《 le jour ou je lai amene a <u>se declarer</u>》（私が彼に<u>愛の告白をする</u>ように仕向けた日）と訳しているが、これは原文の "the day I got him to <u>propose</u> to me" ——引用した邦訳では、「あの日あたしは彼に<u>結婚をもうしこませた</u>」となっている——と対比すると不正確である。また原文の下から2行目の "Moors"（ムーア人）をラルボーが、同じく下から2行目で《 Arabes 》（アラビア人）と訳しているのも誤訳と言える。

　また引用部の中程に、モリーが故郷のジブラルタルで水兵たちが "all birds fly"、"I say stoop"、"washing up dishes" といった遊びをしていたのを思い出すシーンがあるが、これらの遊びに関するラルボーの訳語も正確ではない。まず最初の "all birds fly" だが、これは、「プレーヤーたちは、両手を膝の上に置いて半円形に座る。彼らの前にリーダーが立ち、彼の補佐役がプレーヤーたちの背後を歩き回る。リーダーがたとえば『カラスが飛ぶ』というように、何かの鳥の名前をあげると、各プレーヤーは両手をバタバタさせるなどして、カラスの飛ぶ真似をしなければならない。続いてリーダーが別の鳥の名前をあげても、手をバタバタさせる動作は続く。ところが突然リーダーが『ネコが飛ぶ』とか『牛が飛ぶ』などと叫ぶと、手は元のままにして動かしてはならない。注意が足りず、こうした変化に対応できないプレーヤーは、リーダーから革ひもで打たれる[66)]」というもので、邦訳では「鳥まね」と訳されている。これをラルボーは《 chat-perche 》——アクサン記号を付した通常の表記では《 chat-perché 》となる——と訳しているが、これは所謂「高鬼」に類する遊びで、「身体バランスと追いかけっこの遊び[67)]」であり、原文の "all birds fly" とは別種のものである。

　次に "I say stoop" だが、これは、「この命令で全員しゃがむが、"I say" が発話されない時はしゃがんではいけない[68)]」という遊びである。これをラル

ボーは《saute-mouton》（馬跳び）と訳しており、これも明らかに誤訳と言ってよかろう。三つ目の"washing up dishes"は、『ユリシーズ』の各種注釈においても不明とされているものだが、引用した邦訳と同様に、ラルボーはこれを直訳的に《laver la vaisselle》（皿洗い）と訳している。

　これらの遊びに関する言葉の訳し方については、ラルボーやモニエ、ビーチらの間で意見交換が行われ、ラルボーは児童語や船員用語などを調べたりもしたようなのだが、「おそらくフランス語には存在しない[69]」と判断した上で、あえて上記のような訳語を充てたものと考えられる。とはいえ、やはりこれらのラルボーの訳語には不満が残る。

　ここまで見てきた『コメルス』誌への「ペネロペイア」のフランス語訳の掲載後も、ラルボーは『ユリシーズ』の翻訳の事業と関わりを持ち続けた。1927年には Les Feuilles libres 誌6月号に、第9章「スキュレとカリュブディス」および第12章「キュクロプス」から、それぞれごく短い一節をオーギュスト・モレルと共訳[70]して掲載している。その後は、前記のスチュアート・ギルバート[71]の協力の下に、オーギュスト・モレルが完訳に向けて作業を継続していくことになるのだが、ラルボーは原作者ジョイスとともに監修者として関与し続けたのである。

　こうしてラルボーが援助を惜しまなかったフランス語訳『ユリシーズ』は1929年2月、ついにその完全な姿を現す。刊行者は、言うまでもなくアドリエンヌ・モニエであった。1921年12月に初めて抄訳が朗読されて以降、フランスの多くの文学愛好者たちから待ち望まれてきたこの一大事業は、7年余りの歳月を経てここに成就されたのである。

【注】

1）ただしジョイスは、第一次大戦中の1915年6月から1919年10月までは、戦禍を免れるためにスイスのチューリッヒに滞在していた。

2）ジョイスのアイルランド脱出の経緯等に関しては、拙著『1920年代パリの文学──「中心」と「周縁」のダイナミズム』、前掲、75-77頁を参照されたい。

3）アイルランドの女性作家エドナ・オブライエン Edna O'Brien（1930-　　）は、ジョ

116

イスの評伝『ジェイムズ・ジョイス』において、「ジョイスはアイルランドに対して、同郷のほかの大作家たちの誰よりも憤りに満ちた、それでいて瞑想に似た静かな思いを抱いていた」（井川ちとせ訳、岩波書店、2002年、16頁。）と述べている。

4 ）James Joyce, *Letters of James Joyce*, Vol.II., London, Faber and Faber, 1966, p. 48.

5 ）ジョイスとパウンドの間では、共通の友人であるアイルランドの作家ウィリアム・バトラー・イェイツ William Butler Yeats（1865-1939）の仲介によって、1913年12月から書簡のやり取りが始まり、パウンドの斡旋で、翌年の 2 月から1915年 9 月まで、ジョイスの「若い芸術家の肖像」"A Portrait of the Artist as a Young Man" がロンドンの雑誌『エゴイスト』*The Egoist* に掲載され、さらには1918年 3 月からは、「ユリシーズ」"Ulysses" がアメリカの雑誌『リトル・レヴュー』*The Little Review* に連載されていた。

6 ）Richard Ellmann, *James Joyce*, New York, Oxford University Press, 1982, p. 479.

7 ）*Ibid.*, p. 482.

8 ）Sylvia Beach, *Shakespeare and Company*, Lincoln, University of Nebraska Press, 1991, pp. 35-37.

9 ）*Ibid.*, p. 40.

10）*Ibid.*, p. 55.

11）*Ibid.*, p. 57.

12）*Ibid.*, p. 54.

13）*Ibid.*, p. 57.

14）Frédéric Lefèvre, *Une heurs avec…* (2e série), Paris, Gallimard, 1924, p. 222.

15）Valery Larbaud, *Lettres à Adrienne Monnier et à Sylvia Beach, 1919-1933*, Paris, Institut Mémoires de l'édition contemporaine, 1991, p. 38.（1921年 2 月15日付け。）

16）James Joyce, *Letters of James Joyce*, Vol.III., London, Faber and Faber, 1966, p. 51.

17）なお、この講演の原稿が「ジェイムズ・ジョイス」«James Joyce» のタイトルで *La Nouvelle Revue Franéaise* 誌に掲載されるのは、翌1922年 4 月号においてである。また、このラルボーの「ジョイス論」の『ユリシーズ』を論じた部分（第 4 章）は、T.S. エリオット Thomas Stearns Eliot（1888-1965）の主宰する *The Criterion* 誌の創刊号である1922年10月号に英訳されて転載される（"The 'Ulysses' of James Joyce"）。なお、この講演原稿は、ラルボーの『この罰せられざる悪徳、読書：英語の領域』の第 2 版（1936年刊）以降、「ジェイムズ・ジョイス（1882-1941）」«James Joyce （1882-1941）» のタイトルで同書に収載されている。

18）ここで参考までに、T.S. エリオットの次の発言を引いておこう。

「私がシルヴィア・ビーチと、そして同時にアドリエンヌ・モニエと知り合いに

なったのは1920年代初め、私がパリを訪れた時のことだった。当時のパリのフランス＝イギリス＝アメリカ文学界に生き、だが今ではもう散り散りになってしまったその生存者たちだけが、そして私のようにたびたび英仏海峡を渡ってきた数少ない者だけが、この二人の女性があの頃の芸術的、知的生活においていかに重要な役割を果たしていたかを知っているのである。」（T.S.Eliot, « Miss Sylvia Beach », *Mercure de France*, août-septembre 1963, p. 9.）

19）リチャード・エルマンによれば、当日会場となったモニエの書店は「250人の聴衆であふれ返っていた」（Richard Ellmann, *James Joyce, op. cit.*, p. 522.）という。

　　また、シルヴィア・ビーチも当日の模様を次のように回想している。

　　「ラルボーは、もう一人も押し込められないほどすし詰めの書店にやって来て、舞台負けしていた。アドリエンヌは、ラルボーが勇気を奮い起して中に入り、小さなテーブルに腰を下ろすことができるようにと、ブランデーを一杯彼に飲ませなくてはならなかった。」（Sylvia Beach, *Shakespeare and Company, op. cit.*, p. 74.）

20）Valery Larbaud, *Œuvres complètes de Valery Larbaud*, tome 3, *op. cit.*, p. 316. この講演の引用は、以下もすべて同書による。

21）*Ibid.*, p. 318.

22）*Id.*

23）*Ibid.*, pp. 319-320.

24）丸谷才一編『ジェイムズ・ジョイス：現代作家論』、早川書房、1974年、106頁。

25）『パスカル著作集　Ⅲ』（田辺保訳）、教文館、1980年、207頁。

26）Valery Larbaud, *Œuvres complètes de Valery Larbaud*, tome 3, *op. cit.*, pp. 320-321.

27）戯曲『亡命者たち』*Exiles*（1918）については、時間の都合で割愛されている。

28）Valery Larbaud, *Œuvres complètes de Valery Larbaud*, tome 3, *op. cit.*, pp. 322-323.

29）*Ibid.*, pp. 323-324.

30）*Ibid.*, p. 325.

31）*Ibid.*, pp. 326-327.

32）*Ibid.*, p. 328.

33）*Ibid.*, pp. 329-330.

34）*Ibid.*, pp. 330-331.

35）*Ibid.*, pp. 331-332.

36）*Ibid.*, pp. 333-338.

37）*Ibid.*, pp. 340-342.

38）*Ibid.*, p. 343.

39）*Ibid.*, pp. 343-344.

40) Stuart Gilbert, *James Joyce's Ulysses*, London, Faber, 1930.

41) Adrienne Monnier, *Les Gazettes 1925-1945*, Paris, René Julliard, 1953, p. 213.

42) エドナ・オブライエンによれば、「彼女〔ハリエット・ショー・ウィーヴァー〕がいくら援助したのか、これまでさまざまな見積もりがされてきたが、今日の金額に直すと、百万ポンド近いだろうと考えられている。」(エドナ・オブライエン、前掲書、151頁。)

43) James Joyce, *Letters of James Joyce*, London, Faber and Faber, 1957, p. 200.

44) T. S. エリオット「『ユリシーズ』、秩序、神話」(丸谷才一訳)、『筑摩世界文學大系71』、筑摩書房、1979年、239頁。(原題は "*Ulysses*, Order and Myth", 1923)

45) Sylvia Beach, *Shakespeare and Company, op. cit.*, p. 74.

46) James Joyce, *Letters of James Joyce, op. cit.*, p. 184.

47) Fréderic Lefèvre, *Une heurs avec... (2ᵉ série), op. cit.*, p. 222.

48) *Ibid.*, p. 224.

49) Valery Larbaud, «A propos de James Joyce et de «Ulysses» : Réponse à M. Ernest Boyd», *La Nouvelle Revue Française*, janvier 1925, p. 6.

50) *Ibid.*, p. 7.

51) *Ibid.*, p. 9.

52) *Ibid.*, p. 6.

53) *Id.*

54) 朗読者はジミー・ライト Jimmy Light というアメリカの若手俳優であった。

55) Adrienne Monnier, *Rue de l'Odéon*, Paris, Albin Michel, 1989, p. 153.

56) *Id.*

57) Valery Larbaud, *Lettres à Adrienne Monnier et à Sylvia Beach 1919-1933, op. cit.*, p. 72.

58) *Ibid.*, p. 97. このラルボーの「宣言」について、モニエは次のように理解を示している。「ラルボーのこの断念が唐突に見えるのは表面だけのことである。あらゆることを熟慮した上でのことと私は確信している。彼に翻訳者や……マネージャーになってほしいと願っていた作家の数を考えれば(彼のジョイスへの肩入れが、大いにそうした夢を抱かせたに違いない)、さらに彼が賞賛の念を寄せていた作家の数を考えれば、もし彼が人の言いなりになり、また気の向くままにやったりしたら、休むこともなく、彼自身の作品をまったく仕上げることもできず、翻訳と序文に押しつぶされてしまう恐れがあったのだ。彼の讃美者や友人たちは彼のこうした決意を喜ばずにはいられなかった――誰よりもこの私が!」(Adrienne Monnier, *Rue de l'Odéon, op. cit.*, p. 177.)

59) «Ulysse (fragments)», *Commerce*, Cahier I, été 1924, pp. 156-157.

60) James Joyce, *Ulysses*, Paris, Shakespeare and Company, 1926, pp. 734-735.

Ⅳ　ヴァレリー・ラルボーとジェイムズ・ジョイス　*119*

61）ジェイムズ・ジョイス『ユリシーズ　Ⅲ』（丸谷才一・永川玲二・高松雄一訳）、集英社、1997年、561-562頁。

62）Adrienne Monnier, *Rue de l'Odéon, op. cit.*, p. 161.

63）Valery Larbaud, *Lettres à Adrienne Monnier et à Sylvia Beach 1919-1933, op. cit.*, p. 173.

64）Adrienne Monnier, *Rue de l'Odéon, op. cit.*, p. 162.

65）ただし、ラルボーの訳文の2行目の《gâteau》、6行目の《aujourd'hui》と《ça》にはアクサン記号や省略記号が使われているが、上に述べた事情から判断すれば、これらは校正ミスと考えるべきであろう。

66）Don Gifford, *Ulysses annotated*, Berkeley and Los Angeles, University of California Press, 1988, p. 633.

67）*Trésor de la langue française : dictionnaire de la langue du XIXe et du XXe siècle (1789-1960)*, tome 1, Paris, Editions du Centre national de la recherche scientifique, 1977, p. 596.

68）James Joyce, *Ulysses*, with an introduction and notes by Declan Kibert, London, Penguin Books, 1992, p. 1195.

69）Valery Larbaud, *Lettres à Adrienne Monnier et à Sylvia Beach 1919-1933, op. cit.*, p. 170.

70）これは4頁の短いもので、ラルボーとモレルの間の翻訳作業の分担は明らかではない。

71）スチュアート・ギルバートはイギリス人で、前記の通り、ジョイスの『ユリシーズ』に関する古典的研究書である*James Joyce's Ulysses* (1930) の著者として名高いが、1925年以降はフランスに住み、ジャン・コクトーJean Cocteau (1889-1963)、アントワーヌ・ド・サンテグジュペリ Antoine de Saint-Exupéry (1900-44)、ジャン＝ポール・サルトル Jean-Paul Sartre (1905-80)、アンドレ・マルロー André Malraux (1910-76)、アルベール・カミュ Albert Camus (1913-60) などのフランス作家たちの作品の翻訳にも携わった。

Ⅴ　ヴァレリー・ラルボーとラテンアメリカの作家たち

　本章では、ヴァレリー・ラルボーがラテンアメリカ出身の詩人や作家たちと出会い交流を深めた経緯を明らかにした上で、ラルボーがラテンアメリカ文学に関して行った批評や翻訳の仕事について検討する。

1　ラルボーとラテンアメリカ文学の出会い

　本書の「はじめに」でも述べた通り、ラルボーはフランス中部のヴィシーに生まれた。幼年期をこの国際的にも有名な鉱泉保養都市で過ごしたラルボーの眼には、ラテンアメリカからの来訪者たちの姿は必ずしも珍しいものではなかったと思われるが、彼とラテンアメリカとの本格的な出会いは1891年、すなわち10歳になってから3年間、親元を離れて、パリ南郊のフォントネー・オー・ローズにあったコレージュ・サント゠バルブで寄宿生活を送った時期に始まる。このカトリック系のコレージュは、フランス国内のみならず世界各地から裕福な子弟を受け入れており、そこには中南米諸地域出身の生徒たちも含まれていたからである。というよりも、このコレージュで学校生活をリードしていたのはラテンアメリカ出身の生徒たちであり、ラルボーが彼らから大いなる刺激を受けていたことは次のような彼の回想からもうかがえる。

　　　彼らは、その活発さと大胆さと頭の回転の速さで目立っていました。彼らは私たちフランス人よりも早熟で、その性格はより早く形成されていました。私は彼らに感嘆していました[1]。

ラルボーの小説『フェルミナ・マルケス』は、このコレージュで過ごされた彼自身の「少年期の最良の３年間[2]」を下敷きにしたものと考えられるが、以下の冒頭の一節を読めば、「万国博覧会よりもなお国際色豊かな[3]」このコレージュで、彼がラテンアメリカの生徒たちに囲まれてどのような学校生活を送っていたかがうかがい知れよう。

　　　僕たちはフランス式に教育されたのではなかった。それに僕たちフランス人は学校では取るに足りない少数勢力でしかなかった。生徒たちの間で普段使われる言語はスペイン語だったほどだ。（中略）要するにそこは、日に百回も大仰な調子で、こういう言葉、「僕たちアメリカ人」という言葉が発せられるのを耳にする、そんなところだったのだ[4]。

　ラルボーはスペインのアリカンテ滞在中の1917年12月20日付けの日記に、「スペイン語は、（中略）私が知った最初の外国語だった[5]」と記しているが、彼がスペイン語になじむようになったのはおそらくこのコレージュに在学していた頃のことに違いない。

　さらにまた、『フェルミナ・マルケス』と相前後して刊行されたラルボーの『裕福なアマチュアの詩』および『A. O. バルナブース全集』の主人公バルナブースも、やはりチリ生まれの青年であった事実もここであらためて想起しておこう。少年期をアメリカ合衆国で送り、その後ロシアからヨーロッパ大陸を遍歴し、南米に帰還するこの青年は、「まさにそのコスモポリタニズムゆえに、現代のスペイン系ラテンアメリカ人の典型[6]」なのである。このように、ラルボーの作品世界は作者の実人生と同様、ラテンアメリカ色に非常に色濃く彩られていると言える。

　上記のように、幼少期からラテンアメリカやこの地域の人々に親しんでいたラルボーがこの地域出身の詩人、作家や文学と本格的に出会うのは、ジャン＝オーブリの著したラルボーの伝記によれば1904年頃のことである[7]。当時ラルボーはパリのパッシーに小さなアパルトマンを借りて暮らしていたのだが、グアテマラ出身のエンリケ・ゴメス・カリージョ Enrique Gómez Carrillo（1873-1927）[8] やベネズエラ出身のルフィーノ・ブランコ＝フォンボナ Rufino

Blanco-Fombona（1874-1944）などと交流しており、ゴメス・カリージョを介して、「モデルニスモ」の旗手であったニカラグアのルベン・ダリーオRubén Darío（1876-1916）とも知り合っていた。

そしてエンリケ・ゴメス・カリージョの要請を受けて、ラルボーはこのグアテマラの友人の主宰する雑誌 *El Nuevo Mercurio*[9]の1907年4月号にスペイン語の論文「カスティーリャ語文学におけるフランスの影響」«La influencia francesa en las literaturas de lengua castellana» を発表する[10]。これは数あるラルボーの論文や批評の中でも、1904年に発表された評論「イギリス便り：文学の天使たち」«Lettres d'Angleterre : Les Anges de la littérature»[11]に次ぐ二番目のものである。

さて、この論文のタイトルでは「カスティーリャ語文学」という表現が使われているが、本論文の実質的な主題は「ラテンアメリカ文学におけるフランスの影響」である。ラルボーはこの7ページほどの論文の初めの方で、現代のラテンアメリカの詩人や作家たちには、フランスのヴィクトール・ユゴーVictor Hugo（1802-85）、アルフォンス・ド・ラマルチーヌ Alphonse de Lamartine（1790-1869）、シャルル・ボードレールCharles Baudelaire（1821-67）といった大作家たちから影響を受けるのではなく、同時代のフランスのマイナーな詩人たちにたやすく感化される「フランスかぶれ」（francomanía）が広く見られるとし、次のように述べる。

> 私たちは彼らにカルチエ・ラタンの詩や、大通りの流行のカフェ・テラスで書かれたことをほのめかすような小説を求めたりはしない。私たちが彼らに求めるのは、熱帯の町の情景、アンティル諸島の白く官能的な町、黒々としたアンデス山脈のただ中にある修道院の町、生温かい一陣の風によって愛撫されるメキシコやブエノスアイレスの並木通りの青々とした眺望なのだ。そして農場主やガウチョの生活、アルゼンチンの国境地域の牛飼いの美しいシルエット、したがって自然の景観、エキゾチックな雰囲気、悲しみ、メランコリー、さらにはアンデスの風景から生じる憂愁などなのだ。
> このような堅固で新たな基礎によってこそ、ヨーロッパの生活や風景にも適用可能な芸術様式や文学形式が明らかになるものと私は確かに考える。他方で、しばしば才能あふれる多くの若いアメリカ作家たちが、彼らの服やネクタイに

似た文学作品をしか、パリで流行の文学作品をしか自国に持ち帰ろうとしない
こともやはり事実なのである[12]。

　ここに示された、ラテンアメリカ出身の詩人や作家の多くに見られる「フラ
ンスかぶれ」に関するラルボーの指摘と忠告はきわめて示唆に富むものと言え
るだろう。多くの国の真に優れた作家や作品を味読できたラルボーであったか
らこそ、ほぼ同じ世代に属するラテンアメリカ作家たちに対し、安直な「フラ
ンスかぶれ」を戒めることができたのである。

2　ラルボーとリカルド・グイラルデス

　本書のⅢで触れた通り、ラルボーは第一次世界大戦中の1916年から1919年
までスペインに滞在し、サミュエル・バトラーの翻訳などに取り組むが、この
スペイン滞在中の1917年8月に、ペルーのベントゥラ・ガルシア・カルデロ
ンVentura García Calderón（1886-1959）から、前年に亡くなったルベン・ダ
リーオの「およそ200ページの詩[13]」の翻訳を依頼される。しかしながら、こ
れはラルボーが多忙だったため、結局手が付けられないままに終わる[14]。

　ラルボーがバトラーの翻訳などの仕事に一区切りをつけ、ラテンアメリカの
作家や文学に本格的に関わる仕事に携わることになるのは、第一次大戦後の
1920年代になってからである。この時期にラルボーが交渉を持ったのは「モ
デルニスモ」以降の作家たちであり、年齢的には彼とほぼ同年か、やや年少の
者たちであった。その中でも、アルゼンチンのリカルド・グイラルデスは彼が
最も親しく交わった作家であった。これから、このアルゼンチン作家との交流
の模様を概観しながら、ラルボーがこの作家に関して行った仕事について検討
してみたい。

（1）ラルボーとグイラルデスの出会い

　さて、まずグイラルデスの経歴を簡単に辿ってみたい。グイラルデスの父マ
ヌエル・グイラルデスManuel Güiraldes（1857-1941）はブエノスアイレスの

郊外に大牧場を経営し、1908年から1910年までブエノスアイレス市長を務めた名士であった。彼は青年期にスイスのローザンヌ大学に留学するなど、ヨーロッパでの生活にも馴染んでおり、妻と幼い息子リカルドを伴ってパリ西郊のサン・クルーに滞在した。このような家庭環境の中で、リカルド・グイラルデスはフランス語をスペイン語と同時に習得する。こういう生い立ちは当時の上流のラテンアメリカ人の一つの典型であったと言える。だが、その後アルゼンチン国内で学業の面でも仕事の面でも芳しい成果を上げることができなかった彼は、1910年になって世界旅行に乗り出し、日本、ロシア、インド、近東、スペインを経て、再びパリの土を踏む。以後彼は2年間パリに滞在することになるが、この時期の彼の心境は、彼の自伝的小説と考えられる『ラウチョ』 *Raucho* (1917) に描かれた主人公のそれと重なるものであっただろう。

> パリへの旅は天国へ行くこととも交換などしなかったことだろう。この夢にまで見た雰囲気の中で自己を開花させようと、彼はさらに書物や小説をむさぼり読んだ[15]。

こうしてグイラルデスはこのパリ滞在中に作家となる決意を固め、アルゼンチンに帰国した後、詩集『水晶の鈴』 *El cencerro de cristal* (1915) や短編集『死と血の物語』 *Cuentos de muerte y de sangre* (1915) を発表して、詩人、作家としてデビューを果たすのである。

それから4年後の1919年8月にグイラルデスは三たびパリに戻ってくることになるが、パリに出立するのに先立って、パリから帰国した友人が持ち帰ったラルボーの『A.O. バルナブース全集』、『フェルミナ・マルケス』や『幼なごころ』を読んで感銘を受け、「ラルボーの面識を得る必要があるという私の気持ちは義務の様相を呈していた[16]」のだった。かくしてこの年の12月初め、グイラルデスは憧れのラルボーのパリの自宅を訪ねる。ラルボーはグイラルデスを温かく迎え入れ、二人はラフォルグ、ランボー、コルビエール Tristan Corbière (1845-75) など、ともに愛する詩人たちについて楽しく語らった[17]。そして12月11日には、今度はラルボーがグイラルデス宅に昼食に招かれ、「ラルボーは最後に、*N.R.F.* 誌の記事においてグイラルデスの人柄や作品について

語ろうと述べたのだった[18]。」このようにして二人の本格的な交遊が始まることになるが、翌年5月にラルボーはアドリエンヌ・モニエの書店「本の友の家」にグイラルデスを案内する[19]。たびたび述べてきた通り、モニエはシルヴィア・ビーチとともに、1920年代のパリという国際的な「文学共和国」を支えるキー・パーソンであっただけに、モニエと面識を得たことは、グイラルデスが以後パリをも舞台として作家活動を展開していく上で計り知れない恩恵を彼にもたらすことになるはずである[20]。

(2) ラルボーのグイラルデスに関する仕事

こうしてグイラルデスと交遊を深めていったラルボーは、*La Nouvelle Revue Française* 誌の1920年7月号に評論「現代のスペインおよびスペイン系ラテンアメリカ詩人たち」« Poètes espagnols et hispano-américains contemporains »[21] を発表し、ここでフランス人としては初めてグイラルデスについて論じることになる。まず彼は、前記のグイラルデスの小説『ラウチョ』について以下のように解説している。

> ラウチョは芸術家ではない。それはしばらくの間ボヘミアンの道に迷い込んだブルジョワなのだ。それで、(中略) 彼がそのような道から離脱してしまうと、私たちの興味を引くのをやめてしまうのだ。彼はパンパに帰って行き、おとなしくなる。そして作者は、ブルジョワ化していく生活の始まりのところで彼を見捨ててしまうのだ。とはいえ、その地で出会う女性への愛が彼を救うことにはなるのだが。だがそれはおそらく次の作品で見ることになるのだろう[22]。

そして続いてラルボーはグイラルデスの前記の処女詩集『水晶の鈴』に言及し、この詩集は、「私たちに先立つ世代の偉大なフランスの巨匠たちの影響のもとで、カスティーリャ語詩がどうなったかを見たいと思っているすべての人々にとって愛すべきものであるに違いない。しかし『水晶の鈴』においては影響を越えるものがあり、明確に際立った個性がある[23]」と述べ、その「個性」とは、「アメリカの、より正確に言えば、アルゼンチンの味わい[24]」であると評価し、次のような期待の言葉で結んでいる。

126

　　この鋭敏で繊細で超デカダン派で、ランボー派の薫陶を受け、1870年から
　　1900年にかけてのパリという新アレクサンドリア出身の詩人はいつの日か、大
　　いなるスペイン系ラテンアメリカ共和国の偉大なる国民詩人の一人と認められ
　　るかもしれない[25]。

　このようなラルボーからの期待や励ましに応えて、やがてグイラルデスは小
説『サイマカ』Xaimaca（1923）や『ドン・セグンド・ソンブラ』Don Segundo
Sommbra（1926）の執筆に取り掛かり、それらの作品を完成させるべく、
1921年の初めにパリの仲間たちと再会を約してアルゼンチンにいったん帰国
する。そして数か月後の同年6月8日にラルボーに宛てて次のような書簡を書
き送る。

　　私は6月にパリに戻ってくるという約束に背いてしまいました。（切符を買っ
　　て）乗り込もうという段になって、またあの列車と客船と都会の生活に戻るの
　　かと思うと心が挫けてしまったのです。（中略）海を渡る代わりに、私は国内の
　　旅を企てます。（中略）ここに留まることにした主な理由は、私の文学作品の基
　　盤となり得るものと接触する必要性です。私にはこの国には多くの語るべきこ
　　とがあると思われますし、自分が、これまで自己表現をしてこなかった民族の
　　詩的、哲学的、音楽的、絵画的側面を洞察することのできる器用な人間でない
　　ことに絶望しているのです[26]。

　こうした手紙の文面には、彼にとってもはやパリやそこでの「都市の生活」
は彼の「文学作品の基盤となり得るもの」ではなく、それは自国アルゼンチン
の風土と現実にこそ求めるべきであるという新たな認識が披瀝されていたと言
えよう。だがこうした彼の認識は、すでに14年前の1907年にラルボーが論文
「カスティーリャ語文学におけるフランスの影響」においてラテンアメリカの
作家たちに対して与えていた助言と通底するところがあり、その意味でラル
ボーのこの論文はグイラルデスにとっても重要な示唆に富むものであったと評
せよう。そして1926年に完成し出版されるグイラルデスの『ドン・セグン
ド・ソンブラ』は、アルゼンチンのパンパとそこに生きるガウチョを描き、南
アメリカの大自然の中に人間の原点を求めた「ガウチョ文学」の傑作として高
く評価され、翌年国民文学賞を受賞するのである。さらには、アルゼンチン帰

国後のグイラルデスが1924年8月にホルヘ・ルイス・ボルヘスJorge Luis Borges (1899-1986) らとともに、ブエノスアイレスで雑誌*Proa*を創刊したことも注目に値する。この前衛誌の創刊号に掲げられたマニフェストには、次のような文言が高らかに謳われていたのである。

> わが国において今日ほど強烈に精神生活が営まれたことはなかった。これまでヨーロッパやそこで糧を得た少数のアメリカ人の独占的な財産であった高度の文化が、あたかも私たちの文明の本質的な所産であるかのように、驚くようなかたちで移植され始めているのだ[27]。

このようなグイラルデスらのマニフェストに対し、ラルボーは早速*Commerce*誌に「二人の友への手紙」« Lettre à deux amis » を寄せ、それを「断固とした、良識ある、大仰ではない独立宣言[28]」として評価し、熱烈なエールを送ったのだった。そしてラルボーは、*Proa*誌に結集した若いラテンアメリカの作家たちに対し、以下の三つのアドバイスを与える。第一には、ラテンアメリカ諸国の間で絶えず交流を図ること。第二には、スペイン語の母国であり文学上のルネサンスが到来しているスペインと接触を深めること。そして第三には、偉大な遺産であり、尽きせぬ霊感の源であるスペインの古典文学を再発見、再評価することである。その上でラルボーは、次のようにラテンアメリカ文学への大いなる期待を表明するのである。

> あなたたちの後に続いて、ホイットマンやポー級の作家がアルゼンチンやチリやコロンビアに出現すると考えてみてください。あなたたちのアメリカ語法の最良のものや大部分のフランス語法やイタリア語法を、有無を言わせずイベリア半島の文学言語に受け入れさせるにはそれで十分でしょう[29]。

さらにグイラルデス自身については、特にその成功作『ドン・セグンド・ソンブラ』に関し、グイラルデス夫妻に宛てた書簡[30]の中で次のように激賞するのである。

> 『ドン・セグンド・ソンブラ』は現在までのところ、あなたの最大傑作と思われます。(中略) これは確かにテーマからしても使われた言語からしても、あなたの作品の中で最もアメリカ的なものです。あなたのすべての作品が、その

テーマからいってアメリカ的であり、あなたが、ラテンアメリカ文学をヨーロッパ文学の隷属物や模倣としていた伝統と完全に袂を分かった最初の一人であったことは私もよく承知しています。しかし『ドン・セグンド・ソンブラ』をもって、あなたは大陸の内部に深く入り込み、アルゼンチンにおいて最もアルゼンチン的であるもの、すなわちガウチョを、あなたが幼い時から馴染んでおり、現在そうであるところのガウチョをテーマに取り上げたのでした。あなたはガウチョの姿を歪めることも理想化することもありませんでした。その点においても、あなたはきわめてアルゼンチン的ではあるにしろ、文学的な伝統である『マルティン・フィエロ』の伝統を断ち切ったのです[31]。

　このようにアルゼンチンに帰国したグイラルデスとラルボーの間には引き続き親密な交流が続けられていたが、上記の手紙をラルボーが書き送ったのと相前後してグイラルデスは数年振りにパリに戻って来る。だがすでに癌に侵されていたグイラルデスは、ラルボーと再会を果たすものの、容態が悪化し、同年10月8日に、パリ在住のアルゼンチン出身の画家アルフレド・ゴンサレス・ガラニョ Alfredo González Garaño (1886-1969) 宅で息を引き取るのである[32]。

　それではこれからラルボーのグイラルデスに関する他の批評や翻訳について見てみよう。まずラルボーは *La Revue européenne* 誌1925年5月号に、論考「アルゼンチン文学：リカルド・グイラルデスの作品と位置（1925年）」 « Littérature argentine : l'Œuvre et la Situation de Ricardo Güiraldes (1925) » を発表している。ここでラルボーはラテンアメリカにおける19世紀以降の文学の歩みを概観した上で、「現在このように文学と生活を近接させようとし、最新のフランスやスペインからの影響を吸収しようとしているアヴァンギャルドには、機関誌としてブエノスアイレスの *Proa* があり、押しも押されもせぬリーダーとしてリカルド・グイラルデスがいる[33]」とした上で、次のように述べている。

　　詩人であり、エッセイストであり、物語作家であり、小説家であるリカルド・グイラルデスは、テーマにおいても着想においても、文字通りスペイン系アメリカ的でないものは一切書かなかった。彼の物語は歴史的な出来事、パン

パの生活、アルゼンチンの現代の日常生活の単なる逸話をテーマとするものである[34]。

そしてグイラルデスの『ロサウラ』 Rosaura (1922) と『ラウチョ』を簡単に紹介した後、『サイマカ』についてやや詳しく解説し、「これは、アルゼンチン文学において全く新しいことだが、アメリカを旅するアルゼンチンの男女の間の恋愛の綿密でラシーヌ的な分析である[35]」と述べ、「『サイマカ』は一流の、アルゼンチン文学の歴史にとって計り知れないほど重要な作品である[36]」と評価した上で、次のようにこの論考を結んでいる。

　　そして実のところ、この作品が扱っていることのすべては完全にアルゼンチンのことであるか、さもなければアメリカのことなのだ。ヨーロッパやヨーロッパのものがほのめかされることがあるにしても、それはほんのわずかであり、時たまのことに過ぎない。他方、表現の方はフランスの印象主義の影響（あちらこちらにレオン＝ポール・ファルグや、おそらくサン＝ジョン・ペルスの影響、影響というよりもむしろ類縁性）が感取できるとはいえ、その抒情性において個性的なものであり続けており、時に驚くほど独創的で非ヨーロッパ的なのである[37]。

この論考以後、グイラルデスに関するラルボーの仕事は、グイラルデスの死の翌年の1928年に集中している。まず *La Nouvelle Revue Française* 誌の１月号に論考「外国文学：リカルド・グイラルデス」 «Lettres étrangères : Ricardo Güiraldes» を寄稿している。この文章の冒頭で、ラルボーはアルゼンチンの友人の死を悼み、「スペイン系アメリカ文学にとって大いなる損失[38]」であると述べている。続いてラルボーはグイラルデスの主要な三つの初期作品を取り上げるが、それらは「『自立した』と言うことのできるアルゼンチン文学が存在して以降、南アメリカからもたらされた最も優れた作品に数えられる[39]」と評価している。そして、まずラルボーは短編集『死と血の物語』を取り上げ、その「力強く抑制されたスタイルは時にプロスペール・メリメの流儀を想起させる[40]」と述べている。次に詩集『水晶の鈴』については、この詩集に収められた詩は、「ウルグアイのエレラ・レイシグの影響によって活性化され、ルベン・ダリーオの天才のきらめきによって豊かなものとなったスペイン

系アメリカの伝統に属する[41]」としながらも、以下のように指摘する。

　　しかしながらリカルド・グイラルデスにあっては、この伝統はいわば「脱ヨーロッパ化」しているように思われる。エレラ・レイシグのデカダン派的な「頽廃美」やヴェルレーヌ風の甘美さや、ニカラグアの巨匠の「きわめて18世紀風の」気取りではなく、そこには『死と血の物語』と同様の抑制された力と男性的な慎み深さが見られるのである[42]。

　そして最後にラルボーは小説『ラウチョ』について論じ、この作品の主人公ラウチョ・ガルバンは「作者の感性の多く[43]」を付与された人物ではあるが、この青年は「リカルド・グイラルデスからその大部分の教養と作家としての天職を差し引いた人物であり、その違いは著しい[44]」とし、次のように述べる。

　　『ラウチョ』の独創性や価値を生み出しているもの、それはラウチョのアルゼンチンでの生活のさまざまな状況が明瞭に、かつ力強く描かれていることであり、それはまたラウチョ自身の性格描写にも言えることである。アルゼンチンのいかなる小説にも、牧場やそれを取り巻く風景や、そこで営まれる生活のこれほど鮮明で正確で完璧な描写に出会ったことはない。それはすでに、控え目に描かれてはいるが、『ドン・セグンド・ソンブラ』において幻覚の力をもって間近に見ることになるであろう環境なのだ[45]。

　次いでラルボーは、同年の*Bibliothèque universelle et revue de Genève*誌の４月号に、「リカルド・グイラルデス」 «Ricardo Güiraldes» という短文を寄せ、詩集『水晶の鈴』や短編集『死と血の物語』および『ラウチョ』について簡単に解説した後、『サイマカ』と『ドン・セグンド・ソンブラ』に関して、次のように述べている。

　　初めの作品〔『サイマカ』〕において、『ラウチョ』の主人公、ラウチョ・ガルバンはアンデス山脈を越えたり、太平洋岸に沿って進みながら、ブエノスアイレスからジャマイカまで私たちを連れて行ってくれる。それは旅と叙景詩と感情分析の偉大な書であり、最後の章は本物の散文詩である。二つ目の作品〔『ドン・セグンド・ソンブラ』〕は、パンパとガウチョの生活とアルゼンチンの自然の一種の叙事詩だ。節度と正確さと共感をもって描かれる主人公は国民的英雄の相貌を呈している[46]。

そして最後に、小説『ロサウラ』について次のように述べている。

> リカルド・グイラルデスはこの作品において、アルゼンチンの地方の小都市の生活を描きたいという願望を実現している。そして故意に素朴でセンチメンタルで、微妙にユーモアの混じったこの物語は、まだ未刊のものも含めて、彼の詩人および散文作家としての作品が作り上げるアルゼンチンの偉大なるタブローを補うものである[47]。

それでは次に、ラルボーが行なったグイラルデスの詩の翻訳について見てみることにしたい。ラルボーは、死後出版となるグイラルデスの詩集『孤独詩集』 *Poemas solitarios*（1928）および『神秘詩集』 *Poemas místicos*（1928）のフランス語訳をそれぞれ雑誌に掲載している。これらもいずれもグイラルデスの死の翌年に発表されているが、これらの詩集のフランス語訳としては、現在に至るまで、これらのラルボー訳が唯一のものである。

まず前者は抄訳で、*Commerce* 誌の1928年春号に掲載されたもので、九つの詩編を対訳のかたちで示している。そのうちの二つ目の無題の詩を原文、ラルボー訳の順に引用する。

La soledad absoluta.

Y mi alma que bracea en derredor como un molino, sin encontrar más que viento en sus brazos abiertos.

El hombre que responde con suficiencia irónica a mi grito y a mi alegría.

Y a veces la duda de que todo lo que agito en mi cabeza cargada de inquietudes no es sino locura. Y mi sentimiento de soledad manía de persecusión [48].

La solitude absolue.

Et mon âme qui brasse violemment à l'entour de moi comme un moulin, sans rencontrer autre chose que du vent entre ses bras ouverts.

Et l'homme qui répond, plein de suffisance et d'ironie, à mon cri de douleur et à ma gaîté.

Et par moments le soupçon que tout ce que je remue dans ma tête lacérée d'inquiétudes n'est que folie. Et mon sentiment de la solitude, manie de la

132

persécution [49].

　この詩にも、ホイットマンやバトラーに関するラルボーの翻訳テクストに頻繁に見られたように、訳者ラルボーによる潤色が認められる。たとえば２行目の原文 «mi alma que bracea en derredor como un molino»（風車のようにまわりに腕を振り動かす私の魂）に対し、ラルボーは «mon âme qui brasse violemment»（激しく振り動かす私の魂）と、副詞 «violemment»（激しく）を付加して訳しているのである。同様に４行目の冒頭では、原詩にはない «Et»（そして）が付加されており、同じ行の原文の «mi grito»（私の叫び）に対しても、«mon cri de douleur»（私の苦痛の叫び）と、原文にはない表現が書き加えられている。この詩のテーマは冒頭の «La soledad absoluta»（完全な孤独）に集約されていると考えられるが、ラルボーは、原詩における «inquietudes»（不安）や «persecusión»（迫害）などの言葉の使用も踏まえて、上記のような潤色を施したのかもしれない。そして原文の最後から３行目の «mi cabeza cargada de inquietudes»（不安で一杯の私の頭）を «ma tête lacérée d'inquiétudes»（不安に引き裂かれた私の頭）と、より強い表現でラルボーが訳したのも同様の事情によるものであろう。

　それでは続いて、『神秘詩集』のラルボー訳の検討に移りたい。このラルボー訳は Le Roseau d'or 誌に掲載されているが、翻訳に先立ち、その序文として「リカルド・グイラルデス（1886 – 1927）」«Ricardo Güiraldes（1886-1927）» と題して、４ページほどの文章を付している。この文章においてラルボーは、晩年のグイラルデスがヒンズー教や東洋の神秘主義に傾倒していたことに触れて、こう述べている。

　　私たちは、彼がインドに滞在した時期に、それまで失っていた不可視の世界や不死に対する信仰を彼が取り戻したとはいえ、それはキリスト教の教義とは異なるかたちを取ってのものであったことを理解していたに過ぎなかった[50]。

　そしてこれに続けて、以下のように述べる。

V　ヴァレリー・ラルボーとラテンアメリカの作家たち　*133*

　彼の死の4か月前、最後に顔を合わせた時に、彼はより直接に「宗教」の問題に立ち入ったのだが、それは私に、それまで一度も「東洋」に惹かれることはなかったかと尋ねるためであった。明らかに彼は私の返答を重視しており、それがきっぱりしたものであることを望んでいた。私は彼の病状が悪いことは知っていたが、死に瀕しているとは思わなかったので、言葉のあいまいさを際立たせるような調子で、「西洋とローマとで、僕は十分だよ」というような、「ノルマン人の返事」と呼ばれるどっちつかずの返事をした。しかし、（半ば失望し、半ば安心した、分析するのがきわめて困難な調子の）「本当に？」という彼の再度の問いに対し、私は同じ言葉をひたすらまじめに口に出して答えたのだった[51]。

　そしてこのような個人的なエピソードを紹介した後、ラルボーは最後に次のように述べる。

　彼の作品と彼の打ち明け話に基づいて私が辿り着いた結論を要約して、彼の神秘的な活動、あるいは宗教生活と言えるものは、結局のところ、ローマ・カトリック教会の生活に帰着し、彼はこの教会の最後の秘跡を受けたと言うに留めよう[52]。

　さて、それではこれからグイラルデスの『神秘詩集』のラルボーによる翻訳テクストについて検討してみることにしたい。（この詩集については、『孤独詩集』の場合とは異なり、対訳のかたちは取っていない。）この詩集には7編の詩が収められているが、これらのうち、最初の「1926年12月24日」«24 de diciembre de 1926» と題された詩の冒頭部を、原文、ラルボー訳の順に引用する。

　Hoy, hace mil novecientos veintiséis años, naciste.
　Es decir, hoy, la Humanidad nació a Ti.
　¡Qué habías de nacer en fecha alguna, Tú que eras nacido desde siempre!
　Habías venido a un cuerpo sufridor como el nuestro, para estar más
　　presente en sangre y en dolor [53] .

　Il y a aujourd'hui mille neuf cent vingt-six ans que tu naquis.
　Ou plutôt aujourd'hui l'humanité naquit à toi.

134

> Comment pouvais-tu naître à une date quelconque, Toi qui étais né depuis toujours !
>
> Tu étais venu à un corps douloureux comme le nôtre pour être plus présent par le sang et la souffrance [54].

　これは、1行目にある通り、「今日は、あなたが生まれてから1926年になる」と、イエス・キリストの生誕日に寄せて、イエスに語りかけるかたちの詩である。ラルボー訳はおおむね原詩に忠実である。ただし、原詩の2行目が「すなわち、今日、人類はあなたのもとに生まれた」であるのに対し、ラルボー訳では「より正確に言えば、今日、人類はあなたのもとに生まれた」となっているなどの若干の改変も認められる。

3　ラルボーとアルフォンソ・レイエス

（1）ラルボーとレイエスの出会い

　アルゼンチンのリカルド・グイラルデスと並んでラルボーが親交を結んだラテンアメリカの作家に、メキシコのアルフォンソ・レイエスがいた。レイエスの父親のベルナルド・レイエス Bernardo Reyes (1850-1913) は軍人で、ポルフィリオ・ディアス Porfirio Días (1830-1915) 大統領の下で、メキシコ北部のヌエボ・レオン州の知事や陸海軍大臣を歴任した人物であった。1911年にメキシコ革命によってディアス政権が崩壊すると、次のフランシスコ・マデロ Francisco Madero (1873-1913) の政権に対して敵対活動を行ったが、失敗して投獄され、1913年2月に反乱軍によっていったんは解放されるが、その後政権側の軍隊との銃撃戦の中で死を遂げる。息子のアルフォンソが23歳の時であった。このように軍人や政治家として数奇な生涯を送った父親であったが、彼はメキシコの詩人マヌエル・ホセ・オトン Manuel José Othón (1858-1906) と交流したり、ルベン・ダリーオの作品にも理解を示す[55] など、文学の方面にも一定の関心を寄せる人物だった[56]。

　このような父ベルナルドの九人目の子供として生まれ育ったのがアルフォンソ・レイエスであった。ポーレット・パトゥが以下のように述べるのももっと

V　ヴァレリー・ラルボーとラテンアメリカの作家たち　*135*

もなことであろう。

　　アルフォンソ・レイエスの性格、詩や作品の全体は、青少年期のみならず壮
　年期の終りに至るまで、彼があれほど愛していたこの父親の性格、生き方、実
　例、死に条件付けられている[57]。

　とはいえ、彼自身は父とは異なり、作家や知識人の道を志した。まだ高校在
学中の1905年11月28日、モントレイの日刊紙『エル・エスペクタドル』*El
Espectador* に「疑い」《Duda》 と題する三編のソネットを発表した[58] のを皮
切りに、彼の活動は開始される。翌1906年には、アルフォンソ・クラビオト
Alfonso Cravioto（1884-1955）とルイス・カスティリョ＝レドン Luis Castillo
Ledón（1879-1944）によって創刊された雑誌『現代の生気』*Savia Moderna*
の編集局への出入りが始まり[59]、このグループに影響を与えていたドミニカ出
身の批評家ペドロ・エンリケス＝ウレーニャ Pedro Henríquez Ureña（1884-
1946）に感化されて、フランス語や英語に加えて、ラテン語やギリシャ語を学
び始めた[60]。そして1908年にはメキシコ市の国立法科大学に入学して法学を
学び始めるが、翌1909年にはマルティン・ルイス・グスマン Martín Luis
Guzmán（1887-1976）やホセ・バスコンセロス José Vasconcelos（1882-1959）
らと「青年文芸協会」（El Ateneo de la Juventud）を結成し、1911年に評論
集『美学的諸問題』*Cuestiones estéticas* を処女出版する。そして翌1912年に
は、メキシコ国立自治大学の前身である国立高等研究大学の教授となり、スペ
イン語やスペイン文学を講じた。翌年の1913年は前記の通り、父ベルナルド
が亡くなる年だが、父の死後、レイエスは弁護士資格を取得した直後の同年6
月に、時の政権からパリのメキシコ公使館の二等書記官に任じられ、メキシコ
を去ってパリに赴くことになる。これは当然のことながら、政権側の政敵ベル
ナルド・レイエス一族に対する事実上の追放措置であった。
　同年8月に家族を伴ってパリで新たな生活を開始したレイエスは、ペルー出
身で1906年からパリに滞在していた作家であり、外交官でもあるフランシス
コ・ガルシア・カルデロン Francisco García Calderón（1883-1953）やその弟
のベントゥラ・ガルシア・カルデロン Ventura García Calderón（1886-1959）

などの同世代のラテンアメリカ人たちや、ウルグアイ生まれのジュール・シュペルヴィエルとも知り合った。そして La Nouvelle Revue Fraçaise 誌に注目するようになり、同誌に寄稿していたラルボーの存在も知るようになったようだ[61]。また同国人の画家ディエゴ・リベラ Diego Rivera（1886-1957）に再会したことから画家たちとの交流も生まれ、パブロ・ピカソ Pablo Picasso（1881-1973）、アメデオ・モディリアーニ Amedeo Modigliani（1884-1920）や藤田嗣治（1886-1968）などとも知り合うようになった[62]。

　ところが、翌1914年7月に第一次世界大戦が勃発し、パリのメキシコ公使館は閉鎖され、レイエスは失職してしまう。苦難の時期の始まりである。メキシコに帰国する選択肢が事実上排除されていたレイエスは、戦争に中立政策を取ったスペインに活路を求め、翌月家族とともにパリを脱出し、ボルドーを経由して南下、同年9月初めにスペイン北部のサン・セバスティアンに到着する。そして当地に1か月足らず滞在した後、10月初めにマドリードに移る。レイエスは、フランス語文献の翻訳、フランス語の個人レッスン、雑誌等への寄稿などによって、かろうじて生計を立てる日々が続いた。

　だが1918年に大戦が終結すると、レイエスの境遇は好転する。1920年にメキシコの大統領ベヌスティアーノ・カランサ Venustiano Carranza（1858-1920）が失脚し暗殺された後、大統領に就いたアルバロ・オブレゴン Alvaro Obregón（1880-1928）の下で文部大臣に抜擢された哲学者のホセ・バスコンセロス[63]の要請を受けて、マドリードのメキシコ公使館の二等書記官に任用されるのである。こうして安定した身分を回復したレイエスは、作家ならびに批評家としての活動をさらに旺盛に展開し始める。そして1923年3月には、当時パリに滞在していたベネズエラのアルベルト・セレガ＝フォンボナから、「メキシコの発展」に関して講演をするよう依頼を受ける[64]。この講演は3月23日に予定されていたが、それに先立って3月初めに久し振りにパリに戻ってきたレイエスは、1917年にマドリードで知り合っていたフランスの作家ジュール・ロマンに会い、ロマンとも旧知の仲であったラルボーに面会できることを期待して、アドリエンヌ・モニエ宛ての紹介状を書いてもらい、彼女の書店「本の友の家」を訪ねたのだった。ところが運悪く、この時ラルボーはパ

V　ヴァレリー・ラルボーとラテンアメリカの作家たち　*137*

リを離れていて、会うことは叶わなかった[65]。そこで3月4日、早速ラルボーに初めて書簡を送り、次のように書き記したのである。

　　　私の名前はご存知ではないかと存じます。これまでに拙著を何冊かお送り申し上げましたし、私はあなたのスペインのすべての友人たちの友であり、特に、申すまでもないでしょうが、「ディエス＝カネドの友人」です。（中略）あなたはまもなくスペインにいらっしゃるおつもりではないかと存じます。そのような折にはすぐにも喜んであなたの意に従う所存であります[66]。

　このレイエスの書簡に言及されているディエス＝カネドとは、彼がマドリード到着後に知り合い、彼をいくつかの雑誌に紹介するなど、困窮時代の彼を援助してくれたスペインの詩人、批評家のエンリケ・ディエス＝カネド Enrique Díez-Canedo（1879-1944）のことである。一方、ラルボーもスペインに長期滞在していた1917年にディエス＝カネドと知り合い、彼はラルボーの短編集『幼なごころ』所収の「ドリー」《Dolly》を1919年に、『フェルミナ・マルケス』を1922年にスペイン語に翻訳していたのだった。このように両者の共通の友人であったディエス＝カネドの名前を出すことは、ラルボーとの面会を求めるレイエスにとっては非常に有効な方策と考えられたに違いない。

　さらに、これに加えてレイエスは、「これまでに拙著を何冊かお送り申し上げました」と述べ、ラルボーの記憶を喚起しようとしているが、実はこの時点ではすでにレイエスの名はかなり明瞭にラルボーの記憶に留められていたはずである。なぜならば、ラルボーは第一次大戦中の1917年5月25日に滞在先のスペインのアリカンテで、イギリスの作家チェスタトンの『正統とは何か』 *Orthodoxy*（1908）のレイエスによるスペイン語訳を見つけ、それが「趣味良く印刷されていた[67]」ので入手していたからである。そしてチェスタトンについてはラルボー自身も早くから関心を持ち、彼もすでに数編の翻訳や評論を公にしていたのだった[68]。

　このような経緯に鑑みれば、レイエスとラルボーの出会いの機はまさに熟していたと言えるだろう。レイエスの上記の手紙の末尾には、「あなたはまもなくスペインにいらっしゃるおつもりではないかと存じます」と記されているが、レイエスは、ラルボーが翌月の4月にスペインに講演に出向く予定であるとい

138

う情報を入手していたものと思われる。事実、二人はこの機会にマドリードで
顔を合わせるのである。

　これ以後二人は頻繁に書簡をやり取りするようになるが、レイエスは同年11
月9日、マドリードからラルボーに次のような文面の手紙を書き送る。

　　　ただ地球の上に出現するだけでも、私たちスペイン系アメリカ人が強いられ
　　る困難のことをあなたはこれまでにお考えになられたことがおありでしょうか。
　　あなた方は幸せです。あなた方はすでにあらゆる好都合なものを見出すことが
　　できるのですから！文化と労働の諸要素を、教育環境を、あなた方を取り巻く
　　諸物の安定性に対する確信を、さらには世間一般の好意的な精神状況さえも、
　　つまり、ありとあらゆるものを見出すことができるのですから。それに対し、
　　私たちはといえば、ただ単に普通の水準に到達するためだけにも、そしてほと
　　んど自力でしっかりした教育と教養を手に入れるためには、恐怖と血に満ちた
　　政治がもたらす恐ろしい不安からわが身を解放するためには、私たちの言い分
　　に耳を貸さず、私たちをはなから断罪し、野蛮人扱いする世間の偏見をものと
　　もせず、私たちの言い分を通そうとするためには、私たちはまさに地球の中心
　　から這い上がるかのような努力をしなければならないのです。(中略) 現在私の
　　国の若い作家たちは民族精神の探究に乗り出しています。素晴らしいが危険な
　　企てであり、愚かな過ちを犯すかもしれず、また立派な意志だけでは十分では
　　ありません！メキシコから新しい雑誌を受け取るたびに体が震えるのです[69]。

　メキシコのレイエスもまたアルゼンチンのグイラルデスと同様に、ヨーロッ
パに対する消し難い文化的コンプレックスを抱えながらも、自国の伝統と現実
に根差した文学や文化を創造すべく懸命に奮闘していたラテンアメリカの作家
の一人だったのである。

（2）ラルボーのレイエスに関する仕事

　上記の書簡を含め、公刊されている二人の往復書簡集には全部で78通の書簡
が収められているが、ラルボーがレイエスのために著した評論は*Revue de
l'Amérique latine*誌の1925年2月号に発表した《Alfonso Reyes》一編に留
まる。この文章の書かれた時期はレイエスがメキシコ公使としてパリに着任し
た[70] 直後の時期であり、その冒頭には、レイエスを駐仏公使として派遣した

メキシコに対し、次のようなオマージュが記されている。

　　　メキシコ国は、私たちの政府に対する公式の代表として、最も優れた若手作
　　家の一人であるアルフォンソ・レイエスを私たちに派遣してくれた。そしてこ
　　れは、今年の初めに（中略）メキシコがフランスのすべての文学者に贈ってく
　　れたプレゼントのようなものだ[71]。

そしてラルボーは、以下のようにメキシコの友人について紹介している。

　　　疑いもなく、今日のメキシコ文学の体系的な研究は、もうすでに相当な量に
　　達しているアルフォンソ・レイエスの作品から始められねばならないだろう。
　　とりわけその詩人としての仕事、さらには批評家、碩学としての仕事は他のい
　　かなるものにも増して、スペイン語圏の現代文学を私たちが渉猟する際に私た
　　ちの導き手となり得るものである[72]。

そして続けて、レイエスの広範な学識についてこう述べる。

　　　アルフォンソ・レイエスは限界を越えた。前世紀のラテンアメリカの多くの
　　作家たちがそれで満足していたであろうフランス文化に、彼はイギリス、イタ
　　リア文化を、そして広くヨーロッパ文化を加えたのだ。（中略）マシュー・アー
　　ノルド、E. A. ポー、ウォルター・ペイター、ヘーゲル、サント゠ブーヴ、ル
　　メートル、ヴィーコが、彼が批評を学んだ教師たちだった。そしてその後に、
　　彼がスペイン語の偉大な遺産の研究への回帰を主導する先駆者の一人となった
　　ことはまったく驚くには当たらないのである[73]。

　このようにラテンアメリカとスペインの間に、そしてスペイン語圏と全世界
の間に文学的、文化的な橋渡しを行っているレイエスにラルボーは大いなる敬
意と賛辞を呈したのであった。レイエスは、まさにラルボーがフランスにおい
て果たしていたような役割をメキシコやラテンアメリカにおいて果たしていた
のであり、両者の対話と相互理解の基盤は広く深いものであったと言えよう。
　このレイエス論は一部補正されて、翌々年に刊行されるレイエスの「アナワ
クの幻影」《Visión de Anáhuac》(1917) のフランス語訳[74]——訳者はジャ
ンヌ・ゲランデルJeanne Guérandel——に序文として掲げられることになる
のだが、最後に、このレイエスの作品について次のように評している。

これは、一種の歴史小論のかたちをとった本物のメキシコの国民詩である。
　征服者たちの目に映じたメキシコの古代都市のヤン・ブリューゲルの絵のよう
　な細密な描写である。抒情的な描写でもあり、時折サン＝ジョン・ペルスの抒
　情性とも相通ずるところがある。色彩と人物、奇妙な建造物や蓄積された宝物
　に関する壮大な詩である[75]。

　さて、ラルボーがレイエスのために行ったもう一つの仕事は、任地のブエノ
スアイレスからレイエスによって送られてきた詩「タラウマラの草」《Yerbas
del Tarahumara》をフランス語に翻訳して、原詩とともに対訳のかたちで
Commerce 誌の1929年夏季号に掲載したものである。この詩はメキシコ北西
部の西シエラ・マドレ山脈の奥地に細々と暮らすインディオのタラウマラ族を
主題にしたもので、彼らはその昔スペイン人たちの侵略に抗して勇敢に闘った
歴史を持つのだが、次第に圧迫されて平地から人里離れた峡谷にまで追いやら
れ、今日でもまわりの世界と隔絶したまま、狩猟や採集や原始農業に頼って暮
らしているという。だが気候が不順で食糧に窮すると、男たちは山で採れる薬
草を背負って、最も近いチワワの町に下りてくる。この詩はこのような彼らの
生態を描いたものである。

　それではこの詩のラルボー訳を見てみることにしよう。まずは原詩の第4行
から14行までを引用する。（参考までに拙訳も記す。）彼らが山を下りて、町に
足を踏み入れる場面である。

　　Desnudos y curtidos,
　　duros en la lustrosa piel manchada,
　　denegridos de viento y sol, animan
　　las calles de Chihuahua,
　　lentos y recelosos,
　　con todos los resortes del miedo contraidos,
　　como panteras mansas.

　　Bravos habitadores de la nieve,
　　— como hablan de tú —
　　contestan siempre así la pregunta obligada :

V　ヴァレリー・ラルボーとラテンアメリカの作家たち　*141*

« Y tú ¿ no tienes frío en la cara ? » 76)

裸で、日焼けし、

つやつやした、染みのある皮膚に包まれて頑健で、

風と陽に黒ずみ、彼らは

チワワの街に活気を与える。

ゆっくりと、用心しながら、

すっかり不安で委縮し、

さながら飼いならされたジャガーのよう。

気性の荒い雪の民たちは、

──君僕で話しているので──

答えねばならぬ問いかけに常にこう答える。

「そして君は？顔が冷たくないかい？」

続いて、同じ箇所のラルボー訳を引用する。

Nus et tannés,

leur peau tachetée et luisante durcie,

noircis de vent et de soleil, ils animent

les rues de Chihuahua,

pleins de lenteur et de méfiance,

avec tous les ressorts de la crainte contractés,

comme des panthères apprivoisées.

Honnêtes habitants des neiges,

— comme ils tutoient tout le monde —

Ils répondent toujours ainsi à la demande de rigueur :

« Et toi, tu n'as pas froid à la figure ? » 77)

　原詩とラルボー訳を対照してみると、いくつか誤訳が目に留まる。原詩の２

行目の « duros »（頑健な）は、主語であるタラウマラ族の人々を形容してい

るはずだが、ラルボー訳のこれに対応する形容詞 « durcie » は « peau »（皮膚）

を修飾するものとなっている。さらに原詩の８行目の « Bravos habitadores »

（気性の荒い民たち）に対するラルボー訳の《Honnêtes habitants》（実直な民たち）も正確ではない。

　その一方で、原詩の5行目の《lentos y recelosos》（ゆっくりと、用心しながら）という、形容詞を単に二つつなげただけの句を、ラルボーが《pleins de lenteur et de méfiance》（緩慢さと警戒心に満ちて）と訳しているのは、これまで随所に確認してきたラルボー流の潤色とみなせよう。

　同様の手法は末尾に近い一節にも認められる。原詩、拙訳、ラルボー訳の順に掲げる。

　　　don Felipe Segundo
　　　supo gastar setenta mil ducados,
　　　para que luego el herbolario [78] único
　　　¡se perdiera en la incuria y en el polvo! [79]

　　　フェリペ二世は
　　　7万ドゥカドを費やすことができた、
　　　やがて唯一の薬草の標本が
　　　怠慢と埃の中で失われるであろうから！

　　　le Roi Philippe Deux
　　　eut l'esprit de dépenser soixante mille ducats
　　　pour que dans la suite des temps l'herbier unique au monde
　　　finît par disparaître dans l'incurie et la poussière! [80]

　この箇所は、スペインのフェリペ二世がタラウマラ族の人々によってもたらされた薬草の効能を聞き及び、それを後世に伝えるために巨費を投じた功業に触れたものだが、ラルボー訳の2行目の《eut l'esprit de》（…する才覚を有した）は気の利いたうまい表現である。ただし、フェリペ二世が投じた金額を「6万」（soixante mille）ドゥカドとしたのは明らかな誤訳である。また3行目の《luego》（やがて）の一語を《dans la suite des temps》（時の経つうちに）と拡張し、同じ行の《único》の一語を《unique au monde》（世界で唯一の）と引き伸ばしているのもラルボー流の技巧の表れだが、反面、原詩の簡潔

で凝縮した表現の持ち味を損ねた憾みもある。

4　ラルボーのホルヘ・ルイス・ボルヘス論など

　1920年代以降ラルボーが面識を得、あるいは文通し、また批評の対象とした
ラテンアメリカの作家は、もちろんリカルド・グイラルデスやアルフォンソ・
レイエスに限られるものではない。とりわけ、先にも触れたが、アルゼンチン
のホルヘ・ルイス・ボルヘスの名を逸するわけにはいかない。

　ラルボーとボルヘスの間には、書簡のやり取りを含めて、直接の交流が存在
した形跡は認められないが、上述の通り、ボルヘスはグイラルデスとともに前
衛誌*Proa*を創刊したという事情もあり、ラルボーはボルヘスの初期作品を入
手し、いち早くその才能に注目していた。そして*La Revue européenne*誌の
1925年12月号に寄稿した「アルゼンチン文学およびウルグアイ文学」
《Lettres argentines et uruguayennes》において、同年に刊行されたボルヘ
スの評論集『審問』*Inquisiciones*について論じた。これはフランスにおける
初めてのボルヘス論となるものであったが、ラルボーは、当時のラテンアメリ
カの知識人の教養がフランス、あるいはスペインの教養に傾きがちであったの
に対し、ボルヘスのそれはイギリスやドイツ、イタリアを含めて、文字通り全
ヨーロッパ的であり、しかもラテンアメリカの文化的伝統をも自己の血肉とし
ており、「今日まで私たちが受け取ったラテンアメリカの最良の批評書であり、
少なくともブエノスアイレスで出版された批評書に関して私たちが抱いてきた
理想に最も合致するもの[81]」と絶賛したのだった。

　外国文学の紹介者としてのラルボーの仕事全体を見渡してみる時、ラテンア
メリカ文学に関わるものは、1920年代半ば以降においては最も高い比重を占
めていることが認められる[82]。ラルボーは1935年8月に突然の脳出血により
事実上文学活動の終息を余儀なくされることからすれば、多数のラテンアメリ
カ作家たちとの交流から生み出されたこれらの彼の仕事は、彼の生涯の最後の
時期を飾るものであったと言っても過言ではないだろう。

144

リカルド・グイラルデスは、*Proa*誌を立ち上げた後に、ラルボーに次のような文面の書簡（1925年3月2日付け）を送り、彼に熱烈なオマージュを捧げている。

　　このグループは、あなたのうちに、これまで誰もなさなかったことですが、私たちを外から、そしてまた同時に内から愛するすべを心得た方である偉大な友人を見出すことでしょう[83]。

このようにラルボーはラテンアメリカの作家たちの最良の理解者であり、当時パリに渡る機会を持ち得たこの地域出身の若い作家たちが競ってラルボーの面識を求めたのも十分にうなずけるところである。そして第二次大戦後の1950年代以降におけるラテンアメリカ文学の「ブーム」[84]を思い起こす時、その「ブーム」の一翼を担ったボルヘスをフランスに最初に紹介するなど、その「ブーム」の下地を作ったラルボーの功績は特別に強調されねばならないだろう。

　このようにラルボーの存在はラテンアメリカの作家たちに、そしてフランスとこの地域の文学の交流にきわめて重要な意味を持ったわけだが、翻って、ラテンアメリカの詩人や作家たちとの親交がコスモポリタン＝ラルボーに与えたものも決して少なくはなかった。最後にこの点に関して一言しよう。
　実を言えば、ラルボーといえども初めからラテンアメリカの文学や文化に十分な理解を示していたわけではなかった。たとえば『裕福なアマチュアの詩』に収められた詩編の中には次のような詩句が含まれていた。（この詩編は『A. O. バルナブース全集』にも再録される。）

　　自分らのためにといっては、自然の驚異しか持たず、
　　一人のテオクリトスも生み出し得なかった
　　植民地の国々など糞くらえ[85]。

この作品の設定に従えば、これらの詩句や詩編の作者は南米出身の青年バルナブースであり、彼が欧米の「植民地の国々」であるラテンアメリカ諸国の文化的不毛性を自嘲して、上記のような詩句を書き付けたということになる。

V ヴァレリー・ラルボーとラテンアメリカの作家たち *145*

　ところが、この地域出身の作家たちとの交渉が本格化する1920年代以降に
なると、こうした発言は——ラルボーの口からであれ、作品の登場人物等の口
を借りてであれ——まったく影を潜めるに至る。それに代わって、先にも見た
ように、グイラルデスやレイエス、そしてボルヘスら、個々のラテンアメリカ
作家たちの活動を高く評価するとともに、彼らを擁するラテンアメリカの文学
や文化全体を宗主国であったヨーロッパのそれからは独立したものとみなし、
それらを総体として高く評価する傾向が顕著になっていくのである。たとえば
La Nouvelle revue Française 誌の1935年4月号に掲載された評論「われら
のアメリカ」《Notre Amérique》[86] では、ウルグアイの批評家ホセ・ギリェ
ルモ・アントゥニャ José Guillermo Antuña（1888?-1972）について論じなが
ら、ラテンアメリカ地域は人種的な成り立ちからして国際的な性格を刻み付け
られており、「コロンブスの発見以前の土着の諸要素と同様に、輸入され同化
した諸価値を批判的に識別し乗り越えることによって[87]」、普遍性を有する文
化を創造し、世界の文化の発展に寄与してほしいとの絶大な期待が表明される
のである。またこのようなラルボーの認識は、1919年2月8日付けの彼の日
記中の以下の記述などにうかがえるヨーロッパ、さらにはヨーロッパ「大国」
中心の文化観を乗り越えるものであったと評せよう。

　　フランスの『ルーテーティア』誌から「質問書」を受け取った。「国民詩人と
　は何か？」「わが国の国民詩人とは誰か？」等々。（中略）僕が言いたかったの
　は、フランス文学はギリシャ・ラテン文学と同じようなものだから、フランス
　は「国民的な」詩人などいなくてもよいということだ。それはパリに「ローカ
　ルな」詩人がいたと言ったら滑稽なのと同じことだ。どんなフランスの作家も
　インターナショナルで、ヨーロッパ全体とアメリカの一部のために書くのだ。
　スイスやスウェーデンやセルビアなら「国民的な」詩人を持つこともあろう。
　だがフランス、イギリス、イタリア、ドイツ、スペインはそういうものを超越
　しているのだ。それに、小国の「国民的な」詩人など、さほど偉大ではあり得
　ない[88]。

　　　　　　　　　　　　　　　　　　　・

　コスモポリタンとはいえども、このような言説に表れたやや偏狭な文化観の
限界をラルボーが乗り越える上で、1920年代以降のラテンアメリカ作家たち

との交流が非常に重要な作用を促したことは間違いあるまい。この点で、この地域の詩人や作家たちとの交流が彼にもたらしたものはきわめて大きかったと言えよう。

【注】

1) Francisco Contreras, *Valery Larbaud*, Paris, Ed. de la Nouvelle Revue Critique, 1930, p. 10.

2) G. Jean-Aubry, *Valery Larbaud : sa vie et son œuvre, op. cit.*, p. 20.

3) Valery Larbaud, *Œuvres, op. cit.*, p. 310.

4) *Ibid.*, p. 309.

5) Valery Larbaud, *Journal, op. cit.*, p. 280.

6) Francisco Contreras, *Valery Larbaud, op. cit.*, p. 32.

7) G. Jean-Aubry, *Valery Larbaud : sa vie et son œuvre, op. cit.*, p. 97.

8) エンリケ・ゴメス・カリージョは1891年にグアテマラを離れ、スペインとパリの間を行き来していたが、パリではルコント・ド・リール Leconte de Lisle (1818-94)、ポール・ヴェルレーヌ Paul Verlaine (1844-96)、オスカー・ワイルド Oscar Wilde (1854-1900) やジャン・モレアス Jean Moréas (1856-1910) など、世紀末の詩人・作家たちと親交を結んでいた。また彼は大変な旅行家としても知られ、ギリシャ、エジプト、エルサレムは言うに及ばず、その滞在先はロシア、セイロン（現スリランカ）、中国にまで及び、日露戦争後の1905年には日本も訪れており、その体験をもとに『マルセイユから東京へ、エジプト、インド、中国と日本の印象』*De Marseille a Tokio, sensaciones de Egipto, la India, la China y el Japón* (1906)、『日本の魂』*El alma japonesa* (1907)、『誇り高く優雅な国、日本』*El Japón Heroico y Galante* (1912) を出版している。また彼の三度目の結婚相手となったコンスエロ・スンシン Consuelo Suncín (1901-79) は、彼の死後の1931年、フランスの作家アントワーヌ・ド・サン＝テグジュペリと結婚する。

9) 同誌の発行地はスペインのバルセロナ。

10) この論文は、その前年初めにバレンシアにおいてスペイン語で執筆されていたが、フランス帰国後にフランス語で書き改められ、そのフランス語の原稿が同誌に掲載されるに際して、ゴメス・カリージョの手によって再びスペイン語に直されたのだった。(Cf. Valery Larbaud, *Lettre à deux amis*, Genève, La Sirène, 1965, p. 17.)

11) *L'Œuvre d'art international*, mars-avril 1904, pp. 76-77.

12) Valery Larbaud, « La influencia francesa en las literaturas de lengua castellana », *El Nuevo Mercurio*, abril de 1907, pp. 391-392.

13) Valery Larbaud, *Journal, op. cit.*, p. 256.

14）だがこの時期のラルボーの日記には、ダリーオの詩に関して次のような評価が記されている。「ルベンは大詩人だ。確かに彼は非常に粗野で、頭の中に浮かんだことを何でも書き、特に当世流行の言葉使いをする。そして彼のほとんどの詩は、本物の教養のなさを示すために書かれたように思われるのだ。だがそれでも、時にはそこには生命の躍動がある。ちょうどオーブリー・ビアズリーの絵のように。彼の詩は他の何よりもそれを思い起こさせる。おそらく彼は、何よりもフランスのデカダン派を非常に文学的だが、非常に国際的なスペイン語に『移し替える者』であったと言ってよいのだ。」(*Ibid.,* p. 216. 1917年4月25日付け。) さらには翌年7月15日に、ダリーオの評論『稀有の人々』*Los raros* (1896) を読んで、次のような感想を書き留めてもいる。「これは全体に、1868年から1898年に至る19世紀のフランス文学の栄光に満ちた時期、デカダン派や象徴派について考察している。この時期が同じ世紀において、それに先立ついかなる時期よりも重要な時期であったと彼が述べているのは正しいと私は思う。事実、これらのフランスの流派は、『影響』の基準からして、ロマン主義運動全体（もちろん私はフランスのロマン主義者たちのことを言っているのだが）よりも重要であると思えるのだ。これは今や自明のことであり、『時が経過する』に連れて、ますます明白になっていくであろう。だがダリーオがそのことを1901年に、さらにはそれよりも前に言ってのけたというのは、彼の偉大な批評家としてのセンスを証しているのだ。」(*Ibid.,* pp. 446-447.)

15）Ricardo Güiraldes, *Raucho*, Buenos Aires, Losada, 1953, p. 74.

16）Ricardo Güiraldes, *Obras Completas*, Buenos Aires, Emecé, 1973, p. 615.

17）Alberto Oscar Blasi, *Güiraldes y Larbaud, una amistad creadora*, Buenos Aires, Editorial Nova, 1970, pp. 17-18.

18）*Ibid,* p. 21.

19）*Ibid,* p. 24.

20）グイラルデスは1927年10月8日にパリで客死することになるが、パリで行われた彼の葬儀には、モニエの書店の顧客であったジュール・ロマン、ジュール・シュペルヴィエル Jules Supervielle (1884-1960)、バンジャマン・クレミュー Benjamin Crémieux (1888-1944) など、フランスの作家や批評家たちが参列している。モニエを介したこれらの作家や批評家たちとの交わりが、彼のパリにおける名声の形成に資するところ大であったことは容易に想像できよう。

21）この評論には、前年に刊行されたベネズエラ出身のアルベルト・セレガ＝フォンボナ Alberto Zérega-Fombona (1889-1968) の『フランス象徴主義と現代スペイン語詩』*Le Symbolisme français et la poésie espagnole moderne* に関する書評や、スペインの作家ガブリエル・ミロ Gabriel Miró (1879-1930) に関する批評も含まれる。

22）Valery Larbaud, «Poètes espagnols et hispano-américains contemporains», *La Nouvelle Revue Française*, juillet 1920, p. 144.

148

23) *Ibid.*, p. 145.

24) *Ibid.*, p. 146.

25) *Id.*

26) Ricardo Güiraldes, *Obras Completas, op. cit.*, pp. 742-743.

27) «Proa», *Proa*, año 1, núm. 1, agosto de 1924, p. 3.

28) Valery Larbaud, «Lettre à deux amis», *Commerce*, Cahier II, automne 1924, p. .61.

29) *Ibid.*, p. 86.

30) 1927年初め頃に送られたと考えられる書簡で、グイラルデスおよびラルボーの死後、Pierre Mahillon の序文と解説を付けて1965年に公刊された。(Valery Larbaud, *Lettre à deux amis, op. cit.*)

31) *Ibid.*, p. 14.

32) Anne Poÿlo, «Géiraldes et Larbaud», *Cahiers des amis de Valery Larbaud*, n° 11, août 1973, p. 30.

33) Valery Larbaud, «Littérature argentine: l'Œuvre et la Situation de Ricardo Güiraldes (1925)», *La Revue européenne*, mai 1925, p. 26.

34) *Id.*

35) *Id.*

36) *Id.*

37) *Ibid.*, p. 27.

38) Valery Larbaud, «Lettres étrangères : Ricardo Güiraldes», *La Nouvelle Revue Française*, janvier 1928, p . 132.

39) *Id.*

40) *Ibid.*, p. 133.

41) *Id.*

42) *Id.*

43) *Ibid.*, p. 134.

44) *Id.*

45) *Ibid.*, p. 135.

46) Valery Larbaud, «Ricardo Güiraldes», *Bibliothèque universelle et revue de Genève*, avril 1928, p. 514.

47) *Id.*

48) Ricardo Güiraldes, «Poemas solitaries／Poèmes solitaires», *Commerce*, Cahier XV, printemps 1928, p. 92.

49) *Ibid.*, p. 93.

50) Valery Larbaud, «Ricardo Güiraldes (1886-1927)», *Le Roseau d'or*, n° 30, 1928, p.

64.

51) *Ibid.*, pp. 64-65.

52) *Ibid.*, p. 66.

53) Ricardo Güiraldes, *Obras Completas, op. cit.*, p. 526.

54) Ricardo Güiraldes, «Poèmes mystiques», traduits de l'espagnol par Valery Larbaud, *Le Roseau d'or*, n° 30, 1928, p. 67.

55) ベルナルド・レイエスは政治的な理由でメキシコを離れ、パリに滞在した1909年11月から翌年初めにかけての時期に、ダリーオに会ってもいる。(Paulette Patout, *Alfonso Reyes et la France*, Paris, Klincksieck, 1978, pp. 50-51.)

56) *Ibid.*, p. 34.

57) *Ibid.*, p. 32.

58) *Ibid.*, p. 42.

59) *Ibid.*, p. 44.

60) *Ibid.*, p. 45.

61) *Ibid.*, p. 92.

62) *Ibid.*, pp. 93-94.

63) バスコンセロスは既述の通り、メキシコの「青年文芸協会」の創立者の一人であり、レイエスとは旧知の間柄であった。

64) Paulette Patout, *Alfonso Reyes et la France, op. cit.*, p. 189.

65) その代り、レイエスと同様、外交官の職にあったサン゠ジョン・ペルスSaint-John Perse (1887-1975) と知り合うことができた。(*Ibid.*, p. 196.)

66) Valery Larbaud／Alfonso Reyes, *Correspondance 1923-1952*, Paris, Didier, 1972, p. 29.

67) Valery Larbaud, *Journal, op. cit.*, p. 224.

68) ラルボーのチェスタトンに関する仕事には以下のようなものがある。

«Notes sur G. K. Chesterton», *La Phalange*, 15 décembre 1908.

«George Bernard Shaw, par Gilbert Keith Chesterton», *La Phalange*, 20 janvier 1910.

«Les paradoxes du christianisme» (traduction de Paul Claudel, précédée d'une note de Valery Larbaud), *La Nouvelle Revue Française*, 1er août 1910.

«Trois essais», traduits par Valery Larbaud, *La Phalange*, 20 octobre 1911.

«Lettres anglaises : *The Flying Inn*, par G. K. Chesterton», *La Nouvelle Revue Française*, 1er juin 1914.

69) Valery Larbaud／Alfonso Reyes, *Correspondance 1923-1952, op. cit.*, pp. 30-31.

70) レイエスの駐仏メキシコ公使としての着任は1924年12月のことであった。レイエスは1927年3月までパリに滞在し、その後いったんメキシコに帰国してから、同年

7月に駐アルゼンチン大使としてブエノスアイレスに赴任する。

71) Valery Larbaud, « Alfonso Reyes », *Revue de l'Amérique latine*, février 1925, p. 106.

72) *Id.*

73) *Ibid.*, p. 107.

74) Alfonso Reyes, *Vision de l'Anahuac*, Paris, Editions de la Nouvelle Revue Française, 1927.

75) *Ibid.*, p. 108.

76) Alfonso Reyes, « Les Herbes du Tarahumara », *Commerce*, Cahier XX, été 1929, pp. 68, 70.

77) *Ibid.*, pp. 69, 71.

78) « herbolario » は「薬草採集人」の意だが、これでは意味が通じないので、ラルボーは1929年5月23日付けの手紙で、« herbario »（薬草の乾燥標本）の誤りではないかとレイエスに問合せている。（Valery Larbaud／Alfonso Reyes, *Correspondance 1923-1952, op. cit.*, p. 59.）これに対してレイエスは、同年6月16日の手紙でその誤りを認めたが（*Ibid.*, p. 63.）、*Commerce*誌の発行には間に合わなかったようで、原詩は上記の通り訂正されないまま掲載されている。だが引用したラルボー訳においては、« herbario » に対応する « herbier » と訳されており、拙訳もラルボーの指摘に従った。

79) *Ibid.*, pp. 74, 76.

80) *Ibid.*, pp. 75, 77.

81) Valery Larbaud, « Lettres argentines et uruguayennes », *La Revue européenne*, décembre 1925, p. 66.

82) これまでに触れたものに加えて、メキシコのマリアノ・アスエラMariano Azuela（1873-1952）の小説『虐げられし人々』*Los de abajo*（1916）のフランス語訳（1930年刊）――訳者はJeanne et Joaquín Maurín――に付した序文、*Les Nouvelles littéraires*誌に発表されたアルゼンチンの作家、マヌエル・ガルベス Manuel Gálvez（1882-1962）およびチリのフランシスコ・コントレラスFrancisco Contreras（1877-1933）に関する論考（それぞれ1933年3月11日号、同年5月13日号に掲載）などがある。

83) Ricardo Güiraldes, *Obras Completas, op. cit.*, p. 753.

84) キューバのアレッホ・カルペンティエール Alejo Carpentier（1904-80）、アルゼンチンのフリオ・コルタサル Julio Cortázar（1914-84）、メキシコのカルロス・フエンテス Carlos Fuentes（1928-2012）、コロンビアのガブリエル・ガルシア＝マルケス Gabriel García Márquez（1928-2014）、ペルーのマリオ・バルガス＝リョサ Mario Vargas Llosa（1936-　）などの名を挙げれば十分であろう。

85) Valery Larbaud, *Œuvres, op. cit.*, p. 1171.

86) 前述の通り、ラルボーは1935年8月に、脳出血のため文学活動を事実上終えることになるのであり、この評論は彼の最後のものと言ってよい。

87) Valery Larbaud, « Notre Amérique », *La Nouvelle revue Française*, avril 1935, p. 612.

88) Valery Larbaud, *Journal, op. cit.*, p. 477.

あ と が き

　ここまで見てきたように、ヴァレリー・ラルボーの翻訳の仕事は、英語とスペイン語という二つの言語に関わっている。（さらに、「はじめに」で触れたように、ラルボーにはイタリア文学の翻訳もある。）彼が翻訳の対象としたホイットマンやジョイスは、英語圏において19世紀ならびに20世紀を代表する詩人、作家であったし、異彩を放った作家バトラーのラルボーによる翻訳の多くは、現在でもフランスにおいて唯一のもの、あるいは定訳として流通している。スペイン語圏のグイラルデスやレイエスについても、ラルボーの訳業は先駆的な意義を有するものであった。彼の翻訳手法は、時に「正確さ」の観点からは幾分かの問題をはらんでいたにせよ、ラルボーが20世紀初めにおけるフランスを代表する翻訳者であったことは疑い得ない事実であろう。

　また、ラルボーの外国文学の批評家としての仕事についても同様のことが言えよう。ジョイスに関する講演は、文字通り世界的にも歴史的な意義を持つものであったし、ホイットマンやバトラーに関する評論もそれぞれ、これらの詩人、作家のフランスにおける受容史において画期をなすものであった。さらに、グイラルデスやレイエスに関する論考は、1950年代以降の世界的なラテンアメリカ文学ブームを導く先駆的なものであった。

　ヴァレリー・ラルボーはまさに同時代において並ぶ者のない「文学の仲介者」だったのである。だが、本書が扱い得たのは、ラルボーがなした翻訳や批評の仕事全体から見れば、まだまだわずかな部分に留まっている。本書につながる私の調査研究は大学院の修士課程の時期に遡る。以来40年余りの歳月が経過したが、ラルボーという存在は、研究すればするほど、私のような非力な者には到底たどり着けない目標ではないかとの思いを禁じ得ない。「文学の仲介者」としてのラルボーの全容をいったいいつになったら把握し得るであろうか。気が遠くなるような思いだ。とはいえ、今後も及ばずながら一歩一歩歩み続けていくしかあるまい。ラルボーとは、私の知的好奇心をかくも刺激してやまない

あとがき　153

人物なのだから。

　本書の原稿を書き終えてしみじみ感じるのは、ラルボーと出会い、ラルボーとここまで付き合ってきて本当によかったという思いである。ラルボーとの出会いがなかったら、本書で扱ったリカルド・グイラルデスやアルフォンソ・レイエスはもとより、バトラーやホイットマンやジョイスにさえも出会う機会を逸していたかもしれない。ラルボーに親しみ、ラルボーを研究していくなかで、自然と私はこれらの作家たちの存在を知り、彼らの作品を読み、研究する喜びを味わうことができたのだ。私の研究生活はラルボーによって導かれたものだったと言っても過言ではない。ラルボーに感謝、感謝である。

　本書の刊行に当たっては、企画の段階から、㈱大学教育出版代表取締役の佐藤守氏を始め、スタッフの方々に大変お世話になった。末筆ながら、ここに心よりお礼申し上げる。

　2017年6月

西村　靖敬

154

主要参考文献等

Ⅰ　ヴァレリー・ラルボーに関する文献等

1　ヴァレリー・ラルボーの著作

FARGUE Léon-Paul/LARBAUD Valery, *Correspondance, 1910-1946*, Paris, Gallimard, 1971.

LARBAUD Valery, « Alfonso Reyes », *Revue de l'Amérique latine*, février 1925, pp. 106-108.

―――, « A propos de James Joyce et de « Ulysses » : Réponse à M. Ernest Boyd », *La Nouvelle Revue Française*, janvier 1925, pp. 5-17.

―――, « Les Carnets de Samuel Butler (Avant-propos du traducteur) », *La Nouvelle Revue Française*, janvier 1935, pp. 83-98.

―――, « Ce vice impuni, la lecture », *Commerce*, Cahier I, été 1924, pp. 61-102.

―――, *Ce vice impuni, la lecture : Domaine anglais*, Paris, Albert Messein, 1925.

―――, *Ce vice impuni, la lecture : Domaine anglais*, Paris, Gallimard, 1936.

―――, *Ce vice impuni, la lecture : Domaine français*, Paris, Gallimard, 1941.

―――, « L'Enfance et la Jeunesse de Samuel Butler, 1835-1864 », *Les Ecrits nouveaux*, avril 1920, pp. 28-53.

―――, « La influencia francesa en las literaturas de lengua castellana », *El Nuevo Mercurio*, abril de 1907, pp. 389-395.

―――, « James Joyce », *La Nouvelle Revue Française*, avril 1922, pp. 385-409.

―――, *Journal*, Paris, Gallimard, 2009.

―――, « Lettre à deux amis », *Commerce*, Cahier II, automne 1924, pp. 59-66.

―――, *Lettre à deux amis*, Genève, La Sirène, 1965.

―――, *Lettres à Adrienne Monnier et à Sylvia Beach, 1919-1933*, Paris, Institut Mémoires de l'édition contemporaine, 1991.

―――, « Lettres argentines et uruguayennes », *La Revue européenne*, décembre 1925, pp. 66-70.

―――, « Lettres étrangères : Ricardo Güiraldes », *La Nouvelle Revue Française*, janvier 1928, pp. 132-137.

―――, « Littérature argentine : l'Œuvre et la Situation de Ricardo Güiraldes (1925) », *La Revue européenne*, mai 1925, pp. 22-27.

―――, *Mon itinéraire*, Paris, Editions des Cendres, 1986.

―――, « Notre Amérique », *La Nouvelle revue Française*, avril 1935, pp. 606-615.

―――, *Œuvres*, « Bibliothèque de la Pléiade », Paris, Gallimard, 1958.

―――, *Œuvres complètes de Valery Larbaud , tome 2 : Fermina Márquez ; Enfantines*, Paris, Gallimard, 1950.

―――, *Œuvres complètes de Valery Larbaud , tome 3 : Ce vice impuni, la lecture : Domaine anglais*, Paris, Gallimard, 1951.

―――, *Œuvres complètes de Valery Larbaud , tome 4 : A. O. Barnabooth, Ses Œuvres complètes, c'est-à-dire : un conte, ses poésies et son journal intime*, Paris, Gallimard, 1951.

―――, *Œuvres complètes de Valery Larbaud , tome 7 : Ce vice impuni, la lecture : Domaine français*, Paris, Gallimard, 1953.

―――, *Œuvres complètes de Valery Larbaud , tome 8 : Sous l'invocation de saint Jérôme*, Paris, Gallimard, 1953.

―――, «Poètes espagnols et hispano-américains contemporains», *La Nouvelle Revue Française*, juillet 1920, pp. 141-147.

―――, «Ricardo Güiraldes», *Bibliothèque universelle et revue de Genève*, avril 1928, pp. 513-514.

―――, «Ricardo Güiraldes (1886-1927)», *Le Roseau d'or*, n° 30, 1928, pp. 63-66.

―――, «Samuel Butler», *La Nouvelle Revue Française*, janvier 1920, pp. 5-37.

―――, «Samuel Butler», *Les Cahiers des Amis des Livres*, n° 6, 1920, pp. 7-33.

―――, «Samuel Butler», *La Revue de France*, 1er octobre 1923, pp. 449-464.

―――, «Samuel Butler (1835-1902)», *La Revue de Paris*, 15 août 1923, pp. 748-762.

―――, *Sous l'invocation de saint Jérôme*, Paris, Gallimard, 1946.

―――, "The 'Ulysses' of James Joyce", *The Criterion*, n° 1, october 1922, pp. 94-103.

―――, «Walt Whitman en français» , *La Phalange*, n° 34, 20 avril 1909, pp. 952-955.

―――, «Walt Whitman, Foglie di erba», *La Phalange*, n° 28, 15 octobre 1908, pp. 378-379.

LARBAUD Valery/JEAN-AUBRY G., *Correspondance, 1920-1935*, Paris, Gallimard, 1971.

LARBAUD Valery/RAY Marcel, *Correspondance, 1899-1937*, 3 vol, Paris, Gallimard, 1979-1980.

LARBAUD Valery/REYES Alfonso, *Correspondance 1923-1952*, Paris, Didier, 1972.

ラルボー，ヴァレリー『A.O. バルナブース全集』（岩崎力訳）、河出書房新社、1973年。

―――『A.O. バルナブース全集』全2巻（岩崎力訳）、岩波文庫、2014年。

―――『美わしきフェルミナ』（新庄嘉章訳）、新潮文庫、1955年。

―――『幼なごころ』（岩崎力訳）、岩波文庫、2005年。

―――『めばえ：アンファンティヌ』（池田公磨訳）、旺文社文庫、1976年。

2 ヴァレリー・ラルボーに関する参考文献等

BEACH Sylvia, *Shakespeare and Company*, Lincoln, University of Nebraska Press, 1991. （中山末喜訳、『シェイクスピア・アンド・カンパニイ書店』、河出書房新社、1974年。）

BERMAN Antoine, *Pour une critique des traductions : John Donne*, Paris, Gallimard, 1995.

BERTRAND Dominique, «Valery Larbaud théoricien de la traduction : "Défense et illustration du domaine français"», *Colloque «Valery Larbaud et la France»*, Clermont-Ferrand, Institut d'études du Massif central, 1990, pp. 85-100.

BESSIÈRE Jean (ed.), *Valery Larbaud : la prose du monde*, Paris, Presses Universitaires de France, 1981.

BROWN John L., *Valery Larbaud*, Boston, Twayne Publishers, 1981.

CANTO Nicole, «Valery Larbaud et Ricardo Güiraldes, le salut de *Commerce à Proa*», *La Revue des revues*, n° 12-13, 1992, pp. 33-47.

CARY Edmond, *Les grands traducteurs français*, Genève, Librairie de l'Université Georges & Cⁱᵉ S.A., 1963.

CHEVALIER Anne, *Valery Larbaud*, Paris, Editions de l'Herne, 1992.

CONNELL Allison, "Forgotten Masterpieces of Literary Translation : Valery Larbaud's 'Butlers'", *Canadian Review of Comparative Literature*, Vol.1, n° 2, Spring 1974, pp. 167-190.

CONTRERAS Francisco, *Valery Larbaud*, Paris, Ed. de la Nouvelle Revue Critique, 1930.

DELISLE Jean (ed.), *Portraits de traducteurs*, Ottawa, Presses de l'Université d'Ottawa, 1999.

DELVAILLE Bernard, *Essai sur Valery Larbaud : bibliographie, portraits, fac-similé*, «Poètes d'aujourd'hui», Paris, Seghers, 1963.

D'EUDEVILLE Jean, *Valery Larbaud européen*, Bruxelles, Jacques Antoine, 1975.

GUYARD Marius-François, *La Littérature comparée*, «Que sais-je?», Paris, Presses Universitaires de France, 1951.

JEAN-AUBRY G., *Valery Larbaud : sa vie et son œuvre*, Monaco, Rocher, 1949.

LEFÈVRE Frédéric, *Une heurs avec... (2ᵉ série)*, Paris, Gallimard, 1924.

MARTIN DU GARD Maurice, *Les Mémorables 1 : 1918-1923*, Paris, Flammarion, 1957.

MESCHONNIC Henri, *Epistémologie de l'écriture ; Poétique de la traduction*, Paris, Gallimard, 1973.

MOLLOY Sylvia, *La diffusion de la littérature hispano-américaine en France au XXᵉ*

主要参考文献等　*157*

siècle, Paris, Presses Universitaires de France, 1972.

MONNIER Adrienne, *Les Gazettes 1925-1945*, Paris, René Julliard, 1953.

———, Rue de l'Odéon, Paris, Albin Michel, 1989.　（岩崎力訳、『オデオン通り』、河出書房新社、1975年。）

MOUNIN Georges, *Linguistique et traduction*, Bruxelles, Dessart et Mardaga, 1976.

———, *Les Problèmes théoriques de la traduction*, Paris, Gallimard, 1963.　（伊藤晃他訳、『翻訳の理論』、朝日出版社、1980年。）

MOUSLI Béatrice, *Valery Larbaud*, Paris, Flammarion, 1989.

MURAT Laure, *Passage de l'Odéon : Sylvia Beach, Adrienne Monnier et la vie littéraire à Paris dans l'entre-deux-guerres*, Paris, Fayard, 2003.

PATOUT Paulette, « L'Evolution des idées de Valery Larbaud sur la traduction », *Colloque Valery Larbaud*, Paris, A. G. Nizet, 1975, pp. 195-205.

POMÈS Mathilde, « Valery Larbaud et les écrivains d'Amérique latine », *Revue des deux mondes*, 15 février 1967, pp. 521-523.

RUGGIERO Ortensia, *Valery Larbaud et l'Italie*, Paris, A. G. Nizet, 1963.

SALADO Régis, « Profits et périls de l'admiration : Larbaud face à Whitman », dans CHEVALIER Anne (ed.), *Valery Larbaud : écrivain critique*, Clermont-Ferrand, Presses Universitaires Blaise-Pascal, 2008, pp. 75-103.

STEINER George, *After Babel : aspects of language and translation*, Oxford, Oxford University Press, 1998.　（亀山健吉訳、『バベルの後に：言葉と翻訳の諸相』全2巻、法政大学出版局、1993-2009年。）

WEISSMAN Frida, *L'Exotisme de Valery Larbaud*, Paris, A. G. Nizet, 1966.

岩崎力「ヴァレリー・ラルボーとコスモポリチスム」、東大比較文学会『比較文学研究』第10号、1966年、74-114頁。

——「ラルボーのジョイス論について」、『ユリイカ』1971年6月号、176-179頁。

佐藤みゆき「ヴァレリー・ラルボー研究——ブルボネ地方への帰郷」、2014年度千葉大学大学院人文社会科学研究科学位請求論文。

辻由美『翻訳史のプロムナード』、みすず書房、1993年。

西村靖敬『1920年代パリの文学——「中心」と「周縁」のダイナミズム』、多賀出版、2001年。

ヴィシー市立ヴァレリー・ラルボー・メディアテーク・ラルボー博物館ホームページ（https://www.ville-vichy.fr/decouvrir-et-sortir/culture/musees-vichy/musee-valery-larbaud）　2017年6月15日閲覧。

II ウォルト・ホイットマンに関する文献

1 ウォルト・ホイットマンの著作

WHITMAN Walt, *The Complete Poetry and Prose of Walt Whitman*, New York, Garden City Books, 1954.

―――, *Feuilles d'herbe*, 2 vol, traduction intégrale d'après l'édition définitive par Léon Bazalgette, Paris, Mercure de France, 1909.

―――, *Leaves of grass : a textual variorum of the printed poems*, 3 vol, edited by Sculley Bradley, New York, New York University Press, 1980.

―――, *Œuvres choisies*, Paris, Editions de la Nouvelle Revue Française, 1918.

ホイットマン, ウォルト『アメリカ古典文庫5：ウォルト・ホイットマン』（亀井俊介他訳）、研究社出版、1976年。

―――『おれにはアメリカの歌声が聴こえる；草の葉（抄）』（飯野友幸訳）、光文社古典新訳文庫、2007年。

―――『草の葉』（長沼重隆訳）、角川文庫、1959年。

―――『草の葉』全3巻（酒本雅之訳）、岩波文庫、1998年。

―――『ホイットマン自選日記』全2巻（杉木喬訳）、岩波文庫、1967-68年。

―――『ホイットマン詩集』（木島始訳編）、思潮社、1994年。

―――『民主主義展望』（志賀勝訳）、岩波文庫、1953年。

ホイットマン, ウォールト『民主主義の展望』（佐渡谷重信訳）、講談社学術文庫、1992年。

2 ウォルト・ホイットマンに関する参考文献

ALLEN Gay Wilson, *Walt Whitman handbook*, New York, Hendricks House, 1957.

―――（ed.）, *Walt Whitman abroad : critical essays from Germany, France, Scandinavia, Russia, Italy, Spain, and Latin America, Israel, Japan, and India*, New York, Syracuse University Press, 1955.

ASSELINEAU Roger, *The evolution of Walt Whitman : the creation of a personality*, London, Oxford University Press, 1960.

BLOOM Harold (ed.), *Walt Whitman*, New York, Chelsea House Publishers, 1985.

EBY Edwin Harold, *A concordance of Walt Whitman's Leaves of grass and selected prose writings*, Seattle, University of Washington Press, 1955.

ERKKILA Betsy, *Walt Whitman among the French : poet and myth*, Princeton, Princeton University Press, 1980.

GENOWAYS Ted, *Walt Whitman and the Civil War : America's poet during the lost years of 1860-1862*, Berkeley, University of California Press, 2009.

GIDE André, *Œuvres complètes d'André Gide*, tome IX, Paris, N.R.F., 1935.

GREENSPAN Ezra (ed.), *The Cambridge Companion to Walt Whitman*, Cambridge, Cambridge University Press, 1995.

HALLOWAY Emory, *Free and lonesome heart : the secret of Walt Whitman*, New York, Vantage Press, 1960.

HOLLIS Charles Carroll, *Language and style in Leaves of grass*, Baton Rouge, Louisiana State University Press, 1983.

KANES Martin, «Whitman, Gide, and Bazalgette : An International Encounter», *Comparative Literature*, n° XIV, 1962, pp. 341-355.

KILLINGSWORTH M. Jimmie, *The Cambridge introduction to Walt Whitman*, Cambridge, Cambridge University Press, 2007.

KUMMINGS Donald D. (ed.), *A companion to Walt Whitman*, Malden, Blackwell, 2006.

LEO Marx (ed.), *The Americanness of Walt Whitman*, Boston, Heath, 1960.

MURAT Michel, *Le Vers libre*, Paris, Honoré Champion Editeur, 2008.

REYNOLDS David S. (ed.), *A historical guide to Walt Whitman*, New York, Oxford University Press, 2000.

WOODRESS James (ed.), *Critical essays on Walt Whitman*, Boston, G. K. Hall, 1983.

新井正一郎『ウォルト・ホイットマン：架け橋のアメリカ詩人』、英宝社、2006年。

石井誠子「ホイットマンの詩の音楽性——"Proud Music of the Storm"を中心として」、『ホイットマン研究論叢』第17号、2001年、27-37頁。

岩瀬悉有「魂の船出——ホイットマンの象徴主義的方法——」、関西学院大学『人文論究』第49巻第4号、2000年2月、58-68頁。

大畠一芳「ウォルト・ホイットマンのデモクラシー——『草の葉』と19世紀アメリカン・デモクラシーの現実」、茨城大学人文学部『人文コミュニケーション学科論集』第6号、2009年、97-108頁。

亀井俊介『近代文学におけるホイットマンの運命』、研究社、1973年。

酒本雅之『アメリカ・ルネッサンス序説：エマソン・ソーロウ・ホイットマン』、研究社出版、1969年。

清水春雄『ホイットマンの心象（イメジャリー）研究』、篠崎書林、1957年。

田中礼『ウォルト・ホイットマンの世界』、南雲堂、2005年。

橋本由紀子「アンドレ・ジッドとホイットマン」、『ホイットマン研究論叢』第26号、2010年、51-62頁。

山内彰「ホイットマンにおける自己のダイナミズム」、『関西福祉科学大学紀要』第13号、2009年、79-89頁。

吉崎邦子『ホイットマン：時代と共に生きる』、開文社出版、1992年。

吉崎邦子、溝口健二編著『ホイットマンと19世紀アメリカ』、開文社出版、2005年。

Ⅲ　サミュエル・バトラーに関する文献

1　サミュエル・バトラーの著作

BUTLER Samuel, *Ainsi va toute chair*, 2 vol, traduit de l'anglais par Valery Larbaud, Paris, Ed. de la Nouvelle Revue Française, 1921.

―――, *Alps and sanctuaries*, New York, AMS Press, 1968.

―――, *Carnets*, traduit de l'anglais par Valery Larbaud, Paris, Gallimard, 1936.

―――, *Collected essays*, New York, AMS Press, 1968.

―――, *Contrevérités*, traduit de l'anglais par Monique Bégot, Paris, Payot & Rivages, 2009.

―――, *Erewhon; Erewhon revisited*, London, J. M. Dent, 1932.

―――, *Erewhon, or Over the range*, London, Jonathan Cape, 1960

―――, *Erewhon, ou De l'autre côté des montagnes*, traduit de l'anglais par Valery Larbaud, Paris, Ed. de la Nouvelle Revue Française,1920.

―――, *Evolution, old & new*, New York, AMS Press, 1968.

―――, *Ex voto*, London, Jonathan Cape, 1928.

―――, *The fair haven*, London, Jonathan Cape, 1913.

―――, *Life and habit*, New York, AMS Press, 1968.

―――, *Luck or cunning?*, New York, AMS Press, 1968.

―――, *The note-books of Samuel Butler*, edited by Henry Festing Jones and A.T. Bartholomew, New York, AMS Press, 1968.

―――, *Nouveaux voyages en Erewhon*, traduit de l'anglais par Valery Larbaud, Paris, Ed. de la Nouvelle Revue Française, 1924.

―――, *Shakespeare's sonnets reconsidered*, London, J. Cape, 1927.

―――, *Unconscious memory*, New York, AMS Press, 1968.

―――, *The Way of all Flesh*, Oxford, Oxford University Press, 1936.

SILVER Arnold (ed.), *The family letters of Samuel Butler : 1841-1886*, London, J. Cape, 1962.

バトラ，サミュエル『サミュエル・バトラ覚書抄』（中柴光泰訳）、古今書房、1946年。

バトラー，サミュエル『エレホン：倒錯したユートピア』（石原文雄訳）、音羽書房、1979年。

―――『肉なるものの道』全2巻（山本政喜訳）、新潮文庫、1958年。

―――『万人の道』全2巻（北川悌二訳）、旺文社、1977年。

2 サミュエル・バトラーに関する参考文献

FURBANK Philip Nicholas, *Samuel Butler, 1838-1902*, Hamden, Archon Books, 1971.

GANZ Margaret, *Humor, irony, and the realm of madness : psychological studies in Dickens, Butler, and others*, New York, AMS Press, 1990.

GREENACRE Phyllis, *The quest for the father : a study of the Darwin-Butler controversy, as a contribution to the understanding of the creative individual*, New York, International Universities Press, 1963.

JONES Henry Festing, *Samuel Butler, author of Erewhon (1838-1902) : a memoir*, 2 vol, London, Macmillian, 1919.

JONES Joseph, *The cradle of Erewhon : Samuel Butler in New Zealand*, Austin, University of Texas Press, 1959.

KNOEPFLMACHER U.C., *Religious humanism and the Victorian novel : George Eliot, Walter Pater, and Samuel Butler*, Princeton, Princeton University Press, 1965.

PARADIS James G. (ed.), *Samuel Butler, Victorian against the grain : a critical overview*, Toronto, University of Toronto Press, 2007.

PARRINDER Patrick, "Entering Dystopia, Entering Erewhon", *Critical Survey*, Vol. 17, n° 1, 2005, pp. 6-21.

RABY Peter, *Samuel Butler : a biography*, London, Hogarth, 1991.

ZEMKA Sue, "Erewhon and the End of Utopian Humanism", *ELH*, Vol. 69, n°2, Summer 2002, pp. 439-472.

ウィリー，バジル『ダーウィンとバトラー：進化論と近代西欧思想』（松本啓訳）、みすず書房、1979年。

茅嶋知恵「『エレホン』におけるサミュエル・バトラーの思想」、*Otsuma review* 第39号、2006年、167-174頁。

清宮倫子『ダーウィンに挑んだ文学者：サミュエル・バトラーの生涯と作品』、南雲堂、2010年.

戸川秋骨『バトラー』、研究社英米文学評伝叢書、1934年。

飛田茂雄「サミュエル・バトラーとダーウィン説（Ⅰ）：バトラーの機械観」、『小樽商科大学人文研究』第28号、1964年、23-47頁。

―――「サミュエル・バトラーとダーウィン説（Ⅱ）：『生活と習慣』について」、『小樽商科大学人文研究』第30号、1965年、27-50頁。

吉津成久『二十世紀英文学の出発：バトラーからジョイス、ロレンスへ』、前野書店、1975年。

IV ジェイムズ・ジョイスに関する文献

1 ジェイムズ・ジョイスの著作

BANTA Melissa, SILVERMAM Oscar A. (ed.), *James Joyce's letters to Sylvia Beach, 1921-1940*, Oxford, Plantin Publishers, 1990.

JOYCE James, *Dubliners*, New York, Viking Press, 1967.

―――, *Letters of James Joyce*, 3 vol, London, Faber and Faber, 1957-1966.

―――, *A Portrait of the Artist as a young man*, New York, Viking Press, 1964.

―――, *Ulysse*, traduction de l'anglais par Auguste Morel, assistée par Stuart Gilbert, entièrement revue par Valery Larbaud avec la collaboration de l'auteur, Paris, La Maison dea Amis des Livres, 1929.

―――, *Ulysses*, Paris, Shakespeare and Company, 1926.

―――, *Ulysses*, with an introduction and notes by Declan Kibert, London, Penguin Books, 1992.

―――, « Ulysse (fragments) », traduction par Valery Larbaud et Auguste Morel, *Commerce*, Cahier I, été 1924, pp. 121-158.

―――, « Ulysse (Fragments) », traduction par Auguste Morel et Valery Larbaud, *Les Feuilles libres*, juin 1927, pp. 173-176.

ジョイス，ジェイムズ『ユリシーズ』全3巻（丸谷才一・永川玲二・高松雄一訳）、集英社、1996-1997年。

―――『ユリシーズ』全3巻（柳瀬尚紀訳）、河出書房新社、1996年。

『世界文学全集』第62巻（ジョイス・ウルフ）、河出書房新社、1961年。

『世界文學大系 57』（ジョイス・ウルフ・エリオット）、筑摩書房、1960年。

2 ジェイムズ・ジョイスに関する参考文献

BENSTOCK Bernard (ed.), *Critical essays on James Joyce's Ulysses*, Boston, G. K. Hall, 1989.

BIRMINGHAM Kevin, *The most dangerous book : the battle for James Joyce's Ulysses*, New York, Penguin Press, 2014.　（小林玲子訳、『ユリシーズを燃やせ』、柏書房、2016年。）

BUDGEN Frank, *James Joyce and the making of Ulysses, and other writings*, Oxford, Oxford University Press, 1972.　（岡野浩史訳、『『ユリシーズ』を書くジョイス』、近代文芸社、1998年。）

CARACALLA Jean-Paul, *Les exilés de Montparnasse (1920-1940)*, Paris, Gallimard, 2006.

CHENG Vincent John, *Joyce, race, and empire*, Cambridge, Cambridge University

Press, 1995.

CIXOUS Hélène, *L'Exil de James Joyce, ou, L'Art du remplacement*, Paris, Grasset, 1968.

ELIOT T. S., «Miss Sylvia Beach», *Mercure de France*, août-septembre 1963, pp. 9-12.

ELLMANN Richard, *James Joyce*, New York, Oxford University Press, 1982. （宮田恭子訳、『ジェイムズ・ジョイス伝』全2巻、みすず書房、1996年。）

FARGNOLI A. Nicholas／GILLESPIE Michael Patrick, *James Joyce A to Z : the essential reference to the life and work*, New York, Facts on File, 1995. （ジェイムズ・ジョイス研究会訳、『ジェイムズ・ジョイス事典』、松柏社、1997年。）

FULLER David, *James Joyce's Ulysses*, New York, Harvester Wheatsheaf, 1992.

GIFFORD Don, *Ulysses annotated*, Berkeley and Los Angeles, University of California Press, 1988.

GILBERT Stuart, *James Joyce's Ulysses*, London, Faber, 1930.

LEVIN Harry, *James Joyce : a critical introduction*, London, Faber and Faber, 1968.

LINTVELT Jaap, *Essai de Typologie narrative : Le «Point de vue»*, Paris, Librairie José Corti, 1981.

PIERCE David, *James Joyce's Ireland*, New Haven and London, Yale University Press, 1992.

READ Forrest (ed.), *Pound／Joyce : the letters of Ezra Pound to James Joyce : with Pound's essays on Joyce*, New York, New Directions, 1970.

SALLENAVE Danièle, «A propos du «monologue intérieur» : lecture d'une théorie», *Littérature*, nᵒ 5, février 1972, pp. 69-87.

SHERRY Vincent, *James Joyce, Ulysses*, Cambridge, Cambridge University Press, 1994.

STALEY Thomas E.／LEWIS Randolph, *Reflections on James Joyce : Stuart Gilbert's Paris Journal*, Austin, University of Texas Press, 1993.

SULLIVAN Kevin, *Joyce among the Jesuits*, New York, Columbia University Press, 1967.

WALSH Keri, *The letters of Sylvia Beach*, New York, Columbia University Press, 2010.

荒正人、佐伯彰一編『ジョイス入門』、南雲堂、1960年。

伊藤整編『ジョイス』、「20世紀英米文学案内9」、研究社出版、1969年。

――――『ジョイス研究』、「現代英米作家研究叢書」、英宝社、1975年。

エリオット，T. S.「『ユリシーズ』、秩序、神話」（丸谷才一訳）、『筑摩世界文學大系71』、筑摩書房、1979年、239-241頁。

小川美彦『ジョイスを読む』、英宝社、1992年。

小田基『ジョイスへの道』、研究社、1979年。

小野恭子『ジョイスを読む』、研究社出版、1992年。

オブライエン，エドナ『ジェイムズ・ジョイス』（井川ちとせ訳）、岩波書店、2002年。

金井嘉彦『「ユリシーズ」の詩学』、東信堂、2011年。

川口喬一『「ユリシーズ」演義』、研究社、1994年。

小島基洋『ジョイス探検』、ミネルヴァ書房、2010年。

ジョイス，スタニスロース『兄の番人──若き日のジェイムズ・ジョイス』（宮田恭子訳）、みすず書房、1993年。

鈴木幸夫編『ジョイスからジョイスへ──ジェイムズ・ジョイス研究集成』、東京堂出版、1982年。

前田彰一『物語の方法論：言葉と語りの意味論的考察』、多賀出版、1996年。

─── 『物語のナラトロジー：言語と文体の分析』、彩流社、2004年。

道木一弘『物・語りの『ユリシーズ』：ナラトロジカル・アプローチ』、南雲堂、2009年。

ボイド，アーネスト『アイルランドの文藝復興』（向山泰子訳）、新樹社、1973年。

丸谷才一編『ジェイムズ・ジョイス：現代作家論』、早川書房、1974年。

宮田恭子『ジョイス研究：家族との関係にみる作家像』、小沢書店、1988年。

─── 『ジョイスの都市』、小沢書店、1989年。

─── 『ジョイスのパリ時代：「フィネガンズ・ウェイク」と女性たち』、みすず書房、2006年。

柳瀬尚紀『ジェイムズ・ジョイスの謎を解く』、岩波新書、1996年。

結城英雄『ジョイスを読む：二十世紀最大の言葉の魔術師』、集英社新書、2004年。

『ユリイカ』1998年7月号（特集：ジョイス）。

V　リカルド・グイラルデスに関する文献

1　リカルド・グイラルデスの著作

GÜIRALDES Ricardo, *Don Segundo Sombra*, traduction de Marcelle Auclair, Paris, Gallimard, 1932.

───, *Obras Completas*, Buenos Aires, Emecé, 1973.

───, «Poemas solitaries/Poèmes solitaires», *Commerce*, Cahier XV, printemps 1928, pp. 90-107.

───, «Poèmes mystiques», traduits de l'espagnol par Valery Larbaud, *Le Roseau d'or*, nᵒ 30, 1928, pp. 67-72.

グイラルデス，リカルド『ドン・セグンド・ソンブラ』（興村禎吉訳）、ドン・セグンド・ソンブラ刊行委員会、1974年。

主要参考文献等 *165*

2 リカルド・グイラルデスに関する参考文献

ALVES Wanderlan da Silva, «Tradición, modernidad y vanguardia en la novela *Don Segundo Sombra*, de Ricardo Güiraldes», *Contracorriente*, Vol. 11, nº 1, 2013, pp. 258-286.

BEARDSELL P. R., "French Influences on Güiraldes : Early Experiments", *Bulletin of Hispanic studies*, Vol. 26, nº 101, 1949, pp. 331-344.

BERCHENKO Pablo, «Mitificación y mimetismo en *Don Segundo Sombra* de Ricardo Güiraldes», *Cahiers d'Etudes Romanes*, nº 18, 1994, pp. 29-42.

BLASI Alberto Oscar, *Güiraldes y Larbaud, una amistad creadora*, Buenos Aires, Editorial Nova, 1970.

―――, «Ricardo Güiraldes y *Proa*», *Cuadernos Hispanoamericanos*, nº 432, 1986, pp. 29-38.

BORDELOIS Ivonne, «Borges y Güiraldes : Historia de una pasión porteña», *Cuadernos Hispanoamericanos*, nº 585, 1999, pp. 19-49.

DÍAZ Lidia, «Aproximaciones a una lectura de *Raucho* de Ricardo Güiraldes», *Tropos*, Vol. 19, nº 1, 1993, pp. 61-67.

DUPLANCIC DE ELGUETA Elena, «*Xaimaca* de Ricardo Güiraldes : Algunas reflexiones comparatistas», *Revista de Literaturas Modernas*, nº 24, 1991, pp. 259-270.

PARKINSON Sarah M., «Ricardo Güiraldes : su proceso espiritual», *Cuadernos Hispanoamericanos*, nº 432, 1986, pp. 39-59.

POŸLO Anne, «Güiraldes et Larbaud», *Cahiers des amis de Valery Larbaud*, nº 11, août 1973, pp. 1-34.

PRIETO René, "The Fathering of Identity in Ricardo Güiraldes's *Don Segundo Sombra*", *Revista de Estudios Hispánicos*, Vol. 39, nº 2, 2005, pp. 249-269.

高見英一「『ドン・セグンド・ソンブラ』と自然」、同志社大学人文学会『人文学』第58号、1962年、66-79頁。

VI アルフォンソ・レイエスに関する文献

1 アルフォンソ・レイエスの著作

REYES Alfonso, *Antología : prosa, teatro, poesía*, México, D.F., Fondo de Cultura Económica, 1965.

―――, *Ficciones*, México, D.F., Fondo de Cultura Económica, 1989.

―――, «Les Herbes du Tarahumara», traduit de l'espagnol par Valery Larbaud, *Commerce*, Cahier XX, été 1929, pp. 68-77.

―――, *Prosa y poesía*, Madrid, Ediciones Cátedra, 1977.

―――, *Vision de l'Anahuac*, Paris, Editions de la Nouvelle Revue Française, 1927.

2 アルフォンソ・レイエスに関する参考文献

AlVAREZ LOBATO Carmen, «Poesía e historia: El alma nacional en *Visión de Anáhuac* de Alfonso Reyes», *Semiosis*, Vol. 4, n° 8, 2008, pp. 153-166.

CURIEL DEFOSSÉ Fernando, «Darío en Reyes», *Cusdernos Americanos*, Vol. 28, n° 3, 2014, pp. 89-112.

DÍAZ ARCINIEGA Víctor, «Para fundar una tradición. Una propuesta de Alfonso Reyes», *Literatura Mexicana*, Vol. 22, n° 2, 2011, pp. 121-140.

HOUVENAGHEL Eugenia, «Alfonso Reyes y el ensayo inglés», *Bulletin of Hispanic Studies*, Vol. 80, n° 1, 2003, pp. 105-114.

―――, «Entre Europa y América : Vidas entre dos mundos, descritas por Alfonso Reyes» , *Confluencia*, Vol. 22, n° 2, 2007, pp. 2-14.

PATOUT Paulette, *Alfonso Reyes et la France*, Paris, Klincksieck, 1978.

PERKOWSKA-ALVAREZ Magdalena, «La forma y el compromiso en *Visión de Anáhuac* de Alfonso Reyes», Vol. 49, n° 1, 2001, pp. 81-96.

RANGEL GUERRA Alfonso, «Alfonso Reyes, teórico de la literatura», *Hispania*, Vol. 79, n° 2, 1996, pp. 208-214.

SALADINO GARCÍA Alberto, «El humanismo de Alfonso Reyes», *Cusdernos Americanos*, Vol. 17, n° 5, 2003, pp. 43-58.

Ⅶ その他

ACEREDA Alberto/DERUSHA Will (ed.), *Selected poems of Rubén Darío : a bilingual anthology*, London, Bucknell University Press, 2001.

BETHELL Leslie (ed.), *A Cultural History of Latin America : literature, music and the visual arts in the 19th and 20th centuries*, Cambridge, Cambridge University Press, 1998.

BORGES Jorge Luis, *Œuvres complètes*, 2 vol, «Bibliothèque de la Pléiade», Paris, Gallimard, 1993.

CARVALLO Fernando (ed.), *L'Amérique latine et La Nouvelle Revue Française*, Paris, Gallimard, 2001.

DURAND René, *Rubén Darío*, «Poètes d'aujourd'hui», Paris, Seghers, 1966.

KAHN Gustave, *Premiers poèmes*, Paris, Société du Mercure de France, 1897.

SCHWARTZ Marcy E., *Writing Paris : urban topographies of desire in contemporary Latin American fiction*, New York, State University of New York Press, 1999.

SMITH Verity (ed.), *Encyclopedia of Latin American literature*, London, F. Dearborn, 1997.

安西徹雄、井上健、小林章夫編『翻訳を学ぶ人のために』、世界思想社、2005年。

ウッダル，ジェイムズ『ボルヘス伝』（平野幸彦訳）、白水社、2002年。

エピクロス『教説と手紙』（岩崎允胤訳）、岩波文庫、1959年。

川本晧嗣、井上健編『翻訳の方法』、東京大学出版会、1997年。

ゴメス・カリージョ，エンリケ『誇り高く優雅な国、日本：垣間見た明治日本の精神』（児嶋桂子訳）、人文書院、2001年。

澁澤龍彦他『ボルヘスの世界』、国書刊行会、2000年。

ジョゼ，ジャック『ラテンアメリカ文学史』（高見英一・鼓直共訳）、「文庫クセジュ」、白水社、1975年

棚瀬あずさ「反逆と探求の詩学──ルベン・ダリオ『俗なる詠唱』序文の解釈を通じて」、*Hispanica*第56号、2012年、113-135頁。

野谷文昭「ラテンアメリカ1920年代（1）── 作家の群像」、『イベロアメリカ研究』第Ⅲ巻1号、1981年、16-32頁。

───「ラテンアメリカ1920年代（2）── 作家の群像」、『イベロアメリカ研究』第Ⅲ巻2号、1981年、14-28頁。

野谷文昭、旦敬介『ラテンアメリカ文学案内』、冬樹社、1984年。

パスカル，ブレーズ『パスカル著作集Ⅲ』（田辺保訳）、教文館、1980年。

フランコ，J.『ラテン・アメリカ── 文化と文学』（吉田秀太郎訳）、新世界社、1974年。

堀田彰『エピクロスとストア』、清水書院、1989年。

ボルヘス，ホルヘ・ルイス『異端審問』（中村健二訳）、晶文社、1982年。

───『続審問』（中村健二訳）、岩波文庫、2009年。

三好郁朗「象徴詩派と自由詩運動についての覚書」、『京都産業大学紀要　第一輯　FL系列、外国語と文化』第1号、1969年、83-107頁。

『ユリイカ』1983年7月号（特集　ラテン・アメリカの文学）

初出一覧

Ⅱ　1・2・3：「ヴァレリー・ラルボーのウォルト・ホイットマン受容——批評と翻訳を通して——」、千葉大学『人文研究』第42号、2013年、25-56頁。

Ⅱ　4：「ヴァレリー・ラルボーのウォルト・ホイットマン受容——バルナブースとホイットマン——」、千葉大学『人文研究』第43号、2014年、121-141頁。

Ⅳ　3：「ヴァレリー・ラルボーとジェイムズ・ジョイス——『ユリシーズ』の仏語訳をめぐって——」、『千葉大学比較文化研究』第1号、2013年、1－11頁。

■著者略歴

西村　靖敬（にしむら　やすのり）

1952年　兵庫県神戸市生まれ
東京大学教養学部卒業
東京大学大学院人文科学研究科博士課程単位取得満期退学
現在、千葉大学大学院人文科学研究院・文学部教授

主な著書
『祭りのディスクール─民衆文化と芸術の接点』（共著、多賀出版社、1993年）
『1920年代パリの文学─「中心」と「周縁」のダイナミズム』（単著、多賀出版、2001年）

文学の仲介者ヴァレリー・ラルボー
ラルボーとホイットマン、バトラー、ジョイス、ラテンアメリカの作家たち

2017年11月20日　初版第1刷発行

■著　　者── 西村靖敬
■発 行 者── 佐藤　守
■発 行 所── 株式会社 大学教育出版
　　　　　　　〒700-0953　岡山市南区西市855-4
　　　　　　　電話(086)244-1268(代)　FAX(086)246-0294
■Ｄ Ｔ Ｐ── 難波田見子
■印刷製本── モリモト印刷(株)

© Yasunori Nishimura 2017, Printed in Japan

検印省略　　落丁・乱丁本はお取り替えいたします。
本書のコピー・スキャン・デジタル化等の無断複製は著作権法上での例外を除き
禁じられています。本書を代行業者等の第三者に依頼してスキャンやデジタル化
することは、たとえ個人や家庭内での利用でも著作権法違反です。

ISBN978-4-86429-474-4